大魔法使いと死にたがりのつがい

いちしちいち

24444
角川ビーンズ文庫

Contents

ヴィルジール
マナを無限に生み出す
「大魔法使い」。
シャルロットを
新しいつがいにする
シャルロット
マナを吸収してしまう
「魔封士」。
つがいだった
ミレイユ先生を亡くす

大魔法使いと死にたがりの
つがい
人物紹介

レティシア
ヴィルジールの
同僚の大魔法使い。
ルネのつがい

ルネ
レティシアの
つがいの魔封士

ゾエ
ヴィルジールの
屋敷を管理する使用人。
簡単な魔法を使える

バランド卿
ヴィルジール、
レティシアの上司。
マナの枯渇に対応するため
大魔法使い達を
酷使する

ミレイユ先生
シャルロットのつがい
だった大魔法使い。
孤独だった
シャルロットを引き取り
保護した

本文イラスト／白峰かな

プロローグ　死にたがりの少女

親愛なる私の友人、アンへ

お久しぶりです。

ミレイユ先生が亡《な》くなりました。

これで私が生きていく意味がなくなりました。

今まで本当にありがとう。どうかお元気で。

さようなら。

シャルロットより

私の『つがい』のミレイユ先生が、息を引き取った。

春の兆《きざ》しが見え始めた、冬の終わりの頃《ころ》だった。

「いいかい、シャルロット。私達大魔法使《だいまほうつか》いにとって、魔封士《まふうし》の力は特別なものなんだ。

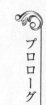

その力で次の大魔法使いを助けてやるんだよ」

未《いま》だ芽吹《めぶ》くことのない木の陰《かげ》に建てられた小さなお墓の前で思い出したのは、ミレイユ先生が最後に残した言葉。

私は最後まで先生の皺々《しわしわ》の手を握《にぎ》りながら返事をすることもできなかった。私とミレイユ先生のつがいである証《あかし》だった手の甲《こう》の紋章《もんしょう》が消えてゆく。何もなくなったそこに、私はただ涙《なみだ》を落とすことしかできなかった。

全《すべ》ての生物が生きていくために必ずなくてはならないもの――空気、水、そしてマナ。マナは生命の源だ。目には見えず、風のように大気を流れていく。そのマナを操《あやつ》って、神秘的な力を発動させる特別な力を持っている人間、それが魔法使いだ。

ミレイユ先生は魔法使いの中でも、大魔法使いと呼ばれる人だった。

大魔法使いの真の力、それは自らマナを生み出すことにある。生命の源を生み出せるその力に、人々は畏敬《いけい》の念を抱《いだ》いている。

しかしミレイユ先生が亡くなり、大魔法使いの力が失われた今。魔封士である私に残された時間は少ない。

「先生、ごめんなさい……」

大魔法使いが――ミレイユ先生がいなくては、私に生きる価値などないのです。

ミレイユ先生を看取《みと》った翌朝、事情を知らせていた王立魔法研究院に所属する人達が、葬儀《そうぎ》を手配してくれた。と言っても、先生を棺桶《かんおけ》に入れ、土の中に埋《う》め、皆《みな》でお祈《いの》りする……そんな簡素な儀式だった。

先生の墓の前で立ち尽《つ》くし、これからのことを思う。私はこのまま研究員達に王立魔法研究院へと連れて行かれ、拘束《こうそく》されるだろう。きっと近いうちに私は死ぬ。だったら、自分で。

ミレィユ先生と最後の別れを済ませた私は、そっとその場を離《はな》れた。

目指すのは今まで暮らしたお屋敷《やしき》の裏に広がる森の中。ミレィユ先生の葬儀のため、そして私を研究院へと連れて行くためにやってきた人達に「気持ちを整理したい。少しの間一人にしてほしい」とお願いしたおかげで、私を追いかけてくる者は誰《だれ》もいない。

森の中を足早に進んでいく。自分自身の小さな呼吸と、わずかに残る雪を踏《ふ》みしめる音だけが辺りに響《ひび》く。私がやってきたことに勘付《かんづ》いて動物達が息を潜《ひそ》めているのだろう、自分以外の生命の気配を感じられない。

早く、早く死ななきゃ。かつて故郷で起こった出来事が脳裏《のうり》にちらつく。首を振《ふ》っても離れてはくれない。

私の魔封士の力のせいで既《すで》にどこかに影響《えいきょう》が出始めているかもしれない。

大魔法使いがマナを生み出し益となる存在なら、魔封士はマナを消し去る害悪だ。

大魔法使いと魔封士、正反対の異なる能力を持つ二つの存在は、強大な力を持つが故《ゆえ》に制御《せいぎょ》しきれず、単独で放置すればいずれ力が暴走して厄《やく》となる。

力を操るためには大魔法使いと魔封士同士のマナを強く結びつけ、お互《たが》いの力を相殺《そうさい》できるようにする契約《けいやく》が必要だ。契約が完了《かんりょう》した大魔法使いと魔封士は『つがい』と呼ばれ、両者の身体のどこかに揃《そろ》いの紋章が現れる。

ミレイユ先生と私の手の甲にあった、つがいの証の紋章。それは花の形をしていた。つがいだったミレイユ先生が亡くなった今、私の手に当たり前にあった紋章は今は影《かげ》も形もない。ミレイユ先生が息を引き取った時より、墓の下へと埋葬《まいそう》されていく時より、紋章が消えた瞬間《しゅんかん》が何より私に死を実感させた。

大魔法使いだったミレイユ先生がいなくなった今、私が持つ魔封士の力はいずれ暴走してしまうだろう。そうなればこの森を彩《いろど》る木々も花も、ここに住む動物達も死に絶え、その範囲《はんい》はどこまで及《およ》ぶのか自分でも見当がつかない。

すぐに戻《もど》ると嘘《うそ》をついたせいで、着の身着のままここまでやってきてしまった。春の訪《おとず》れが近いとは言え、森を吹《ふ》き抜《ぬ》ける風は体温を奪《うば》い、吐《は》き出す息もまた白い。両《りょう》腕《うで》をさすりながら、それでも足を動かすのをやめないのは、それが私の最後の役目であるからだ。

——力が暴走する前に自害する。

そのためにここまで来たのだ。

せめて死に場所くらいは自分で選んだ場所で。森に薬草を取りに入った時、小高い丘《おか》にひっそりと生える大きな樹《き》を見つけて、死ぬならここにしようと決めていた。あそこからならミレイユ先生のお墓が見える。森の奥深くだから人も来ないし、景色も良い。

急ぎ足で森を進んでいると呼吸が乱れて立ち止まりそうになる。その時、唯一《ゆいいつ》の心残りであるアンのことが不意に脳裏をよぎった。

――アン。私の唯一の友達。

幼い頃に魔封士の力が発覚し、故郷で迫害《はくがい》され、信頼《しんらい》できる人間を失ってしまった私にミレイユ先生が紹介《しょうかい》してくれた顔も知らない人。

文字だけのやり取りならと始めたアンとの文通は、簡素な挨拶《あいさつ》に始まり、日常を綴《つづ》るうち、少しずつ日々の些細《ささい》な悩《なや》みや心情を打ち明けるにまで至り、いつしか私にとってもう一つの安心できる居場所となっていた。

そんなアンに、あんな手紙を残すことしかできなかった。アンは優《やさ》しい人だから、きっと私の死を悲しんでくれる。それは私にとって喜ばしいことだけど、何よりひどく心苦しい。

けれど最後にお別れを言うことができて、よかった。

気付けば視界が少しだけ開けてきた。

丘の上からわずかに見えるミレイユ先生のお墓を見下ろす。今頃、お屋敷にやってきた研究員達は、私を捜《さが》しているだろうか。急がなくては。

この辺りでも一際《ひときわ》大きく背の高い樹、この下が私の死に場所だ。

幹に身体を預けようと手を触《ふ》れる。すると、きっと付き始めたばかりだろう、花のつぼみがぽとり、ぽとりと落ちてきて、ぞっとして手を引っ込めた。——私が触れ続ければ、やがてこの樹は枯《か》れてしまう。

もしこれが生き物……人間相手だったとしたら……つがいのいない私はほとんど災厄みたいなものだ。やはり、早く死んでしまわなくては。

息を整えながら、まだ昼前だというのに分厚い雲のせいで薄暗《うすぐら》い空を眺《なが》めた。

もう一度右手の甲を見る。やはり、何も無い。普通《ふつう》の人にとっては何も無いのが当たり前なのに、私にとってはそうではない。自分が魔封士であることを呪《のろ》わずにはいられない日もあったけど、いつしかそれを忘れることができたのは、ミレイユ先生との間に紋章という消えない絆《きずな》の証があったからだ。

紋章は、私につがいがいることの証だった。つがいがいれば力を制御できる。普通の人間みたいになれる——だから私は心穏《こころおだ》やかに暮らすことができた。

私は腰《こし》にぶら下げていた小さなナイフを手に取り、鞘《さや》から抜いた。薬草を採《と》るためにとミレイユ先生がくれた物。初めは首を括《くく》ろうかと考えていたけれど、前にここに来た時は枝に手が届かず、縄《なわ》をかけられそうになくて諦《あきら》めた。

魔《ま》封《ふう》士《し》は生命の源であるマナを奪う。ミレイユ先生が亡《な》くなったばかりの今、その力はいつ暴走するかも、その被《ひ》害《がい》がどこまで及ぶのかもわからない。

王立魔法研究院に連れて行かれたところで、力が暴走する前に新たな大魔法使いが見つからなければ私はどうせ殺される。つがいのいない魔封士は、存在するだけで罪なのだから。

すうと息を吸い込んで、止めて、喉元《のどもと》に刃《は》をあてがう。きらりと光る切っ先が恐《おそ》ろしくて、何も視界に入らないよう、ぎゅっと目を瞑《つぶ》った。

ミレイユ先生が死んだら自分も死ぬ。ミレイユ先生が病に倒《たお》れた時からそう決めていたのに、いざその時が来ると涙が滲《にじ》んだ。どうしようもないくらいに手が震《ふる》えて、こんなんじゃ手元がおぼつかず、楽には死ねないと自分に言い聞かせる。しかし何をどうやっても震えは止まらなかった。

大丈夫《だいじょうぶ》。私が生きてて喜ぶ人より、死んで安堵《あんど》する人の方が多い。アンはお互いに顔も知らない文通相手。きっと私のことなんか忘れて、平穏《へいおん》な日常を送ってくれる。ミレイユ先生がきっと待っててくれる。ものすごく怒《おこ》られるだろうけど、このまま生き続けて他《ほか》の人の命を奪うことになるかもしれないなら、これでいい。

大丈夫。大丈夫。大丈夫だから。自分にそう言い聞かせて、首筋に当てたナイフを引こうとした、その時だった。

突然《とつぜん》、強い風が吹いて息ができなくなった。うまく死ねたから息ができないのかと思えば、手になにか固いものが当たって、手のひらからナイフの感触《かんしょく》が消えた。

「ッ……」

瞼《まぶた》を持ち上げれば、滲んだ視界が開けてゆく。地面に転がったナイフを呆然《ぼうぜん》と見つめ、無意識のうちに手のひらを首筋にひたりと当てた。

痛くない、血も出てない——死んでない。私、まだ死んでない。

「シャルロット」

自分を呼ぶ低い声に肩《かた》を震わせる。ぼんやりとした視界が、こもった聴覚《ちょうかく》が、徐々《じょじょ》に戻ってくる。

杖《つえ》を持ち、ひと目で魔法使いだとわかる男が一歩一歩、雪を踏みしめながらこちらに向かって歩いてくるのが見えた。一つに結んだ黒い髪《かみ》。鋭《するど》い光を放つ金色の瞳《ひとみ》。ミレイユ先生が着ていたのと同じ、漆黒《しっこく》のローブ。空に浮《う》かぶ満月のように青白く輝《かがや》く杖先。

まるで夜がそのまま歩いているような人だと思った。

私を迎《むか》えに研究院から来た人達の中に、こんなに目立つ人がいただろうか。それにこの漆黒のローブは……。

いつの間にか樹の下までやってきていた男は、上等そうな身なりにもかかわらず私の前

に膝《ひざ》をついた。おもむろに黒の手袋《てぶくろ》を外し、あっと思った時には未だ震えが止まらない私の手を取っていた。

「だめ――!」

手を引こうとしたが遅《おそ》かった。

突然のことに混乱しながら考えたのは目の前の男の身の安全だった。

魔封士はマナを消滅《しょうめつ》させる力を持っている。つがいがいなくなった私は力を制御《せいぎょ》することができない。マナを奪う事態になればこの人は死ぬ。

不意に、男の手も震えていることに気が付いた。

男の目と目が合った瞬間――身体の中にマナが駆《か》け巡《めぐ》ったのが感覚でわかった。昔、ミレイユ先生とつがいになった時と同じ。

「なん、で」

訳がわからぬまま口をついて出たのはそんな間抜《まぬ》けな疑問。

彼の無鉄砲《むてっぽう》さに驚《おどろ》いたが、しかしそれ以上に、なぜミレイユ先生とつがいになった時と同じ感覚がしたのか、わからなかった。

男がほうと息をついて、私の手を両手で包んだ。震えを取り除こうとしているのか、温めようとしてくれているのか。気付けば死への恐怖《きょうふ》は目の前の男に対する驚愕《きょうがく》に上書きされていた。

ふと見れば、いつの間にか手袋を取り去り差し出された男の左手の甲《こう》には、太陽と月の形に似た紋章《もんしょう》があった。

そして私の右手の甲には、ミレイユ先生とつがいだった時の花の紋章とは違《ちが》う——男と揃いの太陽と月の紋章が、わずかな輝きと共に浮かび上がっていた。

第一章　太陽と月

「シャルロットだな？」

男の金色の瞳に、情けなく放心する自分の姿が映っていた。

お互《たが》いの手の甲に浮かび上がる太陽と月の紋章。これの意味することは一つだった。

「あなたは、大魔法使《だいまほうつか》いなんですか？」

男が小さく頷《うなず》いたのは私の予想通りだったのに、ちっとも納得感《なっとく》が無かった。

王立魔法研究院が大魔法使いに支給する漆黒のローブを着ていたことで察しはついていたが——だとしたら彼にはつがいがいるはずなのに、なんで私と契約《けいやく》できたの？

大魔法使いと魔封士は一対《いっつい》のみでしかありえない。大魔法使いが複数の魔封士と契約することはできないし、逆もまた然《しか》りだ。

「俺の名前はヴィルジールという」

あまりに突然の出来事にぼうっとすることしかできないでいる私に気を遣《つか》ってか、あるいは呆《あき》れてか……男はそう名乗った。

「シャルロット、です」

二度も名前を呼ばれているのに改めて名乗るのはなんとも間抜けだった。

状況《じようきよう》を把握《はあく》するために、少しずつ頭が働き始める。

私は、魔封士の力が暴走する前に自害を試みた。しかしヴィルジールと名乗った目の前の男の——恐らく魔法だろう、それに阻《はば》まれて失敗した。そしてなぜか、大魔法使いと魔封士の契約が発動し、私とヴィルジールは一対の『つがい』になった。

ヴィルジールと、ヴィルジールの手の甲に浮かぶ紋章と、自分の手の甲に浮かぶ紋章を何度も見て、ようやく彼とつがいになったことを実感し始めていた。

「立てるか」

ヴィルジールが手を差し伸《の》べるので、私は反射的にその手を取った。彼に支えられながらよろよろと立ち上がり、すぐにその手を離《はな》した。

生きている実感が湧《わ》いてくると同時に、ひどい恐怖が襲《おそ》ってきた。

十歳の時にミレイユ先生のつがいになって六年。これまでミレイユ先生以外の人と話したことは全くと言っていいほどなかった。強《し》いて挙げるならアンとの文通があるが、あれは果たして人と話したうちに数えて良いものか……。

アンとの文通は、私があまりにもミレイユ先生以外との接触《せつしよく》を避《さ》けたがったため、心配したミレイユ先生が提案してくれたものだ。他人との接触を恐れる私に、ミレイユ先生は同年代の子どもと会わせようとしたり、研究院から女性の職員を呼んでみたりと、様々な手を尽《つ》くしてくれたが、私は部屋の隅《すみ》で怯《おび》えるばかりでてんで先生の期待に応《こた》えられなかった。

ならば顔を合わせない手段ならどうかと言われて始めたのが、アンとの文通。おかげで多少は他人との接し方を身につけられた……と思う。

そんな私の身を案じてか、ミレイユ先生は自ら王立魔法研究院に連絡《れんらく》を取り、研究員達に死後の世話を頼《たの》んでいたらしい。今お屋敷《やしき》に人が集まっているのはそのせいだ。彼らとも多少は会話したはずだが、先生の命が失われることに取り乱し泣いていたため、何を話したのかまるで思い出せない。

ようやく我に返ってみれば、男と二人きり。私がここまで人と話さなかった原因が脳裏《のうり》をよぎろうとして、必死に記憶《きおく》に蓋《ふた》をした。

距離《きょり》を取ろうと後ずさりする私にヴィルジールは気を悪くしたかと思ったが、表情があまり変わらないのでどう思っているのかわからない。

ヴィルジールは青い満月のような杖《つえ》を支えに足元からなにか拾い上げた。

「鞘《さや》は」

「えっ……ああ、鞘……」

彼が手にしていたのは私が首を掻《か》き切るために用意したナイフだった。腰《こし》につけていた鞘を外してヴィルジールに恐る恐る手渡《てわた》すと、彼はナイフを鞘に収め、杖先でちょんとつついた。杖に巻き付いた長いリボンがゆらりと翻《ひるがえ》る。彼の仕草をぼんやりと眺《なが》めている間に、ヴィルジールの手の中からいつの間にかナイフが消えていた。

「歩きながら説明する。行くぞ」

「は、い」

説明。なんの説明だろう。わからないことが多すぎる。

ヴィルジールが踏《ふ》みしめて固くなった雪道を避けながら、距離を空けてついていく。先《さき》程《ほど》まで死のうとしていたのに、固くなって滑《すべ》る雪道で転ぶのが嫌《いや》なんて。なんとまあ情けないと、内心自嘲《じちよう》した。

前を歩くヴィルジールの歩調は緩《ゆる》やかで、時折こちらを振《ふ》り返ってはまた前を向く。つがいは離れてしまうと制御の力を失ってしまうから、私がちゃんとついて来ているのか確かめたいのだろうと思った。

「ミレイユ先生が以前王立魔法研究院にいたことは知っているか」

「はっ、はい」

この人、口を開くのに前触《まえぶ》れがなさすぎる。ミレイユ先生はいつも話しかける前に短い声掛《か》けをしてくれていたのだと気付かされた。

確かにミレイユ先生はこのロザンジュ王国が建てた魔法を研究する施設《しせつ》、王立魔法研究院にいたと言っていた。私と出会う以前に大魔法使いの力が弱まってしまい、前線で働き続けることが難しくなったから、国の外れに当たるこの地域に居を構えることになったのだと言っていたっけ。

大魔法使いと魔封士《まふうし》の力は最初から備わっているわけではない。ある日突然《とつぜん》その力が本人の意思に関係なく目覚め、老いと共に徐々《じょじょ》に失われていくのだ。

「俺は以前彼女に魔法を教わっていた。その縁《えん》でシャルロットのことを頼まれていた」

「私のことを……ですか？」

「大魔法使いのお前が、シャルロットのつがいになれと」

土混じりの雪のように、私の頭の中はぐちゃぐちゃだった。

ヴィルジールは大魔法使いで、ミレイユ先生に私のことを頼まれていて。少なくとも、彼が本当に大魔法使いなのだということは、手の甲の揃《そろ》いの紋章が示している。

「でも、あなたのつがいの魔封士は……？」

つがいがいなければ力が制御できないのは大魔法使いも魔封士も同じだ。力が見つかれば国によって厳しく取り締《し》まられる。私もそれで故郷を追われたんだから。この人だってきっと例外ではないはず。

ヴィルジールは何も言わなかった。彼の背中しか見えない私は、彼がどんな表情をしているのかわからず、言葉を続けるべきか悩《なや》んだ。

「死んだ」

雪を踏みしめる音にかき消されそうな小さな声でヴィルジールはそう言った。今度はこちらが言葉を失う番だった。

なにがなんだかわからないが、私と彼は同じく、つがいを亡《な》くしたらしかった。

私と彼がつがいの契約を結べたのは、お互いに独りだったから。でも、こんなに都合のいい話があるのだろうか？　ミレイユ先生が亡くなったのと同じ頃《ころ》に、彼のつがいの魔封士が亡くなるなんて。

いつの間にか私達は森を抜《ぬ》けようとしていた。ミレイユ先生のお屋敷には王立魔法研究院から私を迎《むか》えに来た人達がいる。私が姿を消したことで騒《さわ》ぎになっているのだろうかと思うと足が重い。

「大丈夫《だいじょうぶ》か」

ヴィルジールが肩越《かたご》しにこちらを振り向く。

気付いたら私は立ち止まっていた。

大丈夫か、って何。体調が？　それともさっき死のうとしたこと？　あなたとつがいになったこと？　先生が死んだこと？　大丈夫って何。

頭の中にぶわっと言葉が浮《う》かんだけれど、どれもこれも口に出せないまま。

するとヴィルジールは立ち止まって、身体の正面を私に向けた。私と同じくらいの背だったミレイユ先生よりずっと背が高い。どんよりとした曇《くも》り空に不釣《ふつ》り合いなほど、金色の瞳《ひとみ》が輝《かがや》いていて、その目で見られると自分の陰鬱《いんうつ》とした内心を暴《あば》かれるようで恐《おそ》ろしかった。今すぐ逃《に》げ出したい気分に駆《か》られたが、ヴィルジールはそれを許さないとでも言わんばかりに私のすぐそばまでやってきて、私を見下ろした。

「シャルロット。お前は俺のつがいになった」

ヴィルジールが再び手袋《てぶくろ》の下を覗《のぞ》かせれば、太陽と月の紋章《もんしょう》がそこにある。

それを見れば否《いや》が応でも、この人が私のつがいだと実感させられる。

「だから大丈夫」

――大丈夫って何。

私のつがいは、ミレイユ先生だけだったのに。

お屋敷に戻ると、外に出ていた研究院の人達が私達を見つけて一斉《いっせい》に集まってきた。

「ヴィルジール様、一体なぜ、いつこちらに？」

研究員の一人が泡《あわ》を食ったようにヴィルジールを問いただした。

そういえば……ミレイユ先生が亡くなったことで、私は周りが見えていなかった。このお屋敷にどれくらいの人数がやってきたのか、その中にヴィルジールがいたかなど、いまいち覚えていない。だがこの研究員の口ぶりだと、どうやら彼は王都から単身私のもとへやってきたようだった。

ヴィルジールは無言で研究員を睨《にら》むだけで、何も言わない。大魔法使いという立場に研究員達は怯《ひる》んだのか、私の方に視線を向けた。

どこに行っていたのかと今にも糾弾《きゅうだん》されそうな雰囲気《ふんいき》だったので、慌《あわ》てて頭を下げた。この人達は仕事をしに来ただけ。そこに私の都合は関係ない。

「申し訳ありませんでした」

私が謝ったことで、一旦《いったん》その場は収まった。申し訳ないのは本心からだし、逃げ出したかったのもまた本当の気持ちだった。

「問題はない。先生との別れを惜《お》しんでいたのだろう。出発の準備はできているか」

先程まで何も言わなかったヴィルジールが口を開いた。大魔法使いに言われては、研究院の人達も頷《うなず》くことしかできないらしい。

改めてヴィルジールは大魔法使いで、私は彼のつがいとなったのだと、手の甲《こう》の紋章をさすりながら、まざまざと思い知った。

ロザンジュ王国。大陸を分断するように流れる大河の北側に位置する、雪深い国だ。

王立魔法研究院がある王都エフェメールは、私とミレイユ先生が住んでいた川沿いの村外れからは離《はな》れた所にある。

必要最低限の荷物を転送魔法の力で王都に送り、私達人間は馬車に揺《ゆ》られて移動していた。生き物は魔法で移動させることができないからだ。

馬車は三台に連なり、そのうちの一つを私とヴィルジールで占領《せんりよう》していた。

自決をヴィルジールに止められ、研究院の人達のもとに戻《もど》ると、彼らは私達が既《すで》につながいの契約《けいやく》を終えていたことに大層驚《おどろ》いていた。

上下左右に容赦《ようしゃ》なく揺れる馬車の中で、ヴィルジールと二人きり。気を遣《つか》われたか、そもそもつがいとは『そういうもの』であるせいか。しかし初対面の、それも大の男といきなり二人きりにさせられたのは、些《いささ》か胃が痛い。

「あの」

意を決して声を上げてみる。

ヴィルジールは馬車に乗り込んでからずっとこちらを見ずに窓の外を流れる景色に目をやっていたが、きちんと聞いていたらしい。居住まいを正してこちらに向き直った。

「どうした」

「ヴィルジール様、は」

「ヴィルジールでいい」

お屋敷に来ていた研究院の人達を真似《まね》して呼んでみたがまずかったらしい。顔から血の気が引いていくのがわかった。

そもそもずっとミレイユ先生と二人、外の人と関《かか》わることなんてほとんど無かったから、普通《ふつう》の話し方すらわからないのに。先生が私を守ろうとしてくれた優《やさ》しさと、自業自得《じごうじとく》の文字が脳内をよぎった。

「ヴィルジールさん」

今度はもう少し気安い呼び方をしてみた。しかしやはり不服そうだ。彼の眉間《みけん》に皺《しわ》が寄っている。出会ってからずっと似たような表情をしている気もするが。

「ヴィルジール……」

「なんだ」

……呼びづらい。しかし彼はそれで満足したらしい。

大魔法使いと魔封士、つがいは対等……。そう先生に教えられてきた。先生とうまくやれたのは、先生が優しかったからだ。だがそんな先生の優しさに、少しずつ疑問を持ち始めている自分がいる。

「あなたは、先生から私のことを聞いていたんですか」

「ああ。時折手紙のやり取りをしていた」

その言葉に、私は息が詰《つ》まる思いがした。

ずっと先生と一緒《いっしょ》にいたのに、私は何も知らなかったのだと思い知らされる。

「――どうして……どうして先生は、私に、あなたのことを教えてくれなかったんでしょうか……」

ミレイユ先生が死んでしまうことを、私は何より恐れていた。しかし先生は私と出会った時には随分《ずいぶん》と年老いていて、もう充分《じゅうぶん》だと言えるくらい長生きした。

心の中で、いつまで経《た》っても成長できない子どもの私が駄々《だだ》をこねようとする。もし、先生が死期を悟《さと》っていて、最初から彼に私を預ける気でいたのなら、なにか一言、私に教えてくれてもよかったじゃないか。そうしたらもっと、心の準備ができた。先生がなんの心配もなく逝《い》けるようにしてあげたかった。

最期《さいご》に聞いた先生の「その力で次の大魔法使いを助けてやるんだよ」という言葉は、きっとヴィルジールのことを指していたのだ。ならばそう言ってくれたらよかったじゃないか。

先生の優しさはつまり、私を信用できなかったが故《ゆえ》のものだと思い知る。事実私は、魔法使いとしてはほとんど引退状態だった先生の手伝いと、家事と、先生のつがいの役目だけをこなして、今日まで生きてきたのだから。結局私は、ずっとずっと子どものまま。

膝《ひざ》の上でスカートを強く握《にぎ》りしめれば、くしゃくしゃに皺が寄る。手を離しても皺は消えない。まるで私の心を表しているみたい。

「……先生は」

不意に聞こえたヴィルジールの声は蹄《ひづめ》の音にかき消されてしまいそうなほど小さくて、私は目を見開いた。

「先生は……シャルロットのことを大切にしていた」

それは果たして質問の答えになっているのだろうか。

ヴィルジールは苦虫を噛《か》み潰《つぶ》したような顔で、それ以上はこのことについて何も語らなかった。ああ、この人も何も教えてはくれないのか。やはり、私がまるで小さな子どものようだからに違《ちが》いない。

「シャルロットは王立魔法研究院について、どれくらい知っている？」

話をそらすようにヴィルジールは問いかけた。

「研究院は、簡単に言うと、マナの研究をする所……ですよね」

つっかえながらそう言えば、ヴィルジールは頷いた。

――王立魔法研究院。ロザンジュ王国の王都、エフェメールの外れに位置する巨大《きょだい》な研究施設《しせつ》。まるで一つの村のようなそこには、城のように大きな建物があるという。そこでは魔法使い達が日々新たな魔法の発見や薬の研究をしている。

しかし研究院の最も大きな目的は別にある。ロザンジュ王国各地のマナの流れについて情報を集約することだ。

マナは全《すべ》ての生命の源である。多すぎれば生命の発育に異常をきたし、少なすぎれば生命活動が弱り果て、やがては死に至る。

王立魔法研究院から各地に魔法使いや研究員が派遣《はけん》され、常にその地に異常が無いか監《かん》視《し》し、研究院に情報が集められるのだ。

大抵《たいてい》はマナが少し乱れたくらいでは緊急性《きんきゅう》は無いが、稀《まれ》に災厄《さいやく》となりうる変化が起こる場合がある。そんな時に派遣されるのが、大魔法使いと魔封士《まふうし》である。

端的《たんてき》に言えば、大魔法使いはマナを増やし、魔封士はマナを減らすことができる。この力を使い、マナの乱れを一時的に正し、その間に何が原因でマナが乱れたのかを検証、解決するのが王立魔法研究院の役割である。

私とミレイユ先生が暮らしていたお屋敷《やしき》にも時折研究員が訪《おとず》れては、周辺のマナの流れについて先生と情報共有を行っていた。もっとも、私は先生以外の人間が恐《おそ》ろしくて、いつも遠巻きに眺《なが》めているだけだったけど。

「最近、どうもこの国のマナの流れが悪いらしい。俺達もすぐに仕事に駆《か》り出されるかもしれない」

ヴィルジールは淡々《たんたん》と言った。

不安だ。これからこの人と仕事をしていかなければいけない。

それはヴィルジールが大魔法使いであり、私が魔封士であり、私達がつがいである限り、望まなくともやらなくてはいけないことなのだ。

馬車が王都エフェメールに入ると道の様子は様変わりした。

舗装《ほそう》された道を馬車はなめらかに走る。両脇《りょうわき》には数え切れないくらい建物が立ち並び、曇天《どんてん》の下でも人々が着飾《きかざ》って楽しそうに生活している。

私はミレイユ先生に拾われて以来、ほとんどを屋敷の中で過ごしていた。街の様子をしっかり見るのは初めてで、新鮮《しんせん》だった。

ミレイユ先生はついてくるかと何度も私を誘《さそ》ってくれたけど、故郷の村の人に寄ってたかってひどい仕打ちを受けたあの頃《ころ》を思い出すと、大勢の人間が怖《こわ》くて、どうしても外に出る勇気が出なかった。

あまり離《はな》れ過ぎると私もミレイユ先生もマナのバランスが取れなくて困るから、結局今みたいに馬車に乗って街へは来ていたけれど、ミレイユ先生の用が済むまで馬車の中で蹲《うずくま》っていたっけ。

馬車は止まることなくびゅんびゅん走る。遠くに王城を見ながら、街の中央を抜《ぬ》けてどんどん人気《ひとけ》のない方へ向かっていく。

すると、住宅街を更《さら》に抜けた先に、大きな古い宮殿《きゅうでん》のようなものが見えた。

鉄柵《てっさく》で囲われ、広大な敷地《しきち》には他《ほか》にも石造りの建物が立ち並び、まるで一つの村のようだ。

ここが王立魔法研究院。

先頭の馬車が兵士が並び立つ門の前で止まり、御者《ぎょしゃ》が何か声を掛《か》けると、鉄製の門が開かれた。馬車は中へと進んでいく。なんだかこれから処刑《しょけい》されに行くような気分だった。

「シャルロット」

「は、はい」

「俺達はこれから、研究院内の屋敷に住むことになる。女性の使用人が一人いる」

「あ、そうなんですね……」

研究院には大魔法使いと魔封士が住むための屋敷がいくつかあって、ミレイユ先生も以前はそこに住んでいたらしい。話には聞いていたが、未《いま》だに現実を受け入れられず、ヴィルジールの口から実際に告げられてもまるで他人事《ひとごと》のように感じられてしまう。

「屋敷に行く前に研究院の本棟《とう》で紋章《もんしょう》の登録があるのだが……大丈夫《だいじょうぶ》か？」

「大丈夫か……とは」

「本棟には多くの人がいる。難しいようなら書記を屋敷に呼ぶことも可能だが」

気を遣《つか》われている。ありがたい反面、どうにも惨《みじ》めな気持ちになった。自分はいつまで経ってもこのまま変われない。迷惑《めいわく》をかける相手が、ミレイユ先生からこの人や研究院の人達に変わっただけ。

「……大丈夫、です」

ヴィルジールは先程《さきほど》、仕事に駆り出される可能性を示した。今まで私は屋敷に引きこもってミレイユ先生に言われたことをこなしながら、仕事をした気になっていた。けれど、それだけではもう生きていけないのだ。

先生の言葉を思い出す。——大魔法使《だいまほうつか》いにとって、魔封士の力は特別なもの。私は彼のつがいとして生きていく他ないのだ。


門を抜けた馬車は本棟と呼ばれる大きな建物の前で止まった。ヴィルジールが先に降り、手を差し伸《の》べてくれる。普通《ふつう》の人間は魔封士に触《ふ》れることを恐ろしいと感じるはずだが、彼は全く気にしていないようで、改めて彼は大魔法使いなのだと納得《なっとく》した。

研究員の一人が私達に近づき、一定の距離《きょり》を空けて立ち止まる。一瞬《いっしゅん》だけ私と目が合った研究員は、すぐに視線をそらした。

「ヴィルジール様と……シャルロット様。こちらへ」

ヴィルジールが研究員の後ろについていくので、慌《あわ》てて追いかける。

目の前の巨大な建物に向かう二人に慌ててついていく。

古めかしい巨大な建物にただただ圧倒《あっとう》されるばかりで、足がすくんだ。

正面扉《とびら》が開かれ、まず感じたのは鼻の奥を刺激するようなスッとした匂《にお》い。何かの薬品だろうか。

次に目についたのは高い天井《てんじょう》。伝統的な彫刻《ちょうこく》が施《ほどこ》され、いくつもぶら下がる魔法灯から冷たい白い光が降り注いでいる。

改めて正面に顔を戻《もど》せば、円形の空間が広がり、来訪者を出迎《でむか》えるように受付がある。その周りをぐるりと囲むようになにかの研究施設が並んでいる。たくさんの大きな本棚《ほんだな》の隙間《すきま》に見え隠《かく》れするいくつもの扉。ガラスの瓶《びん》が大量に並ぶ机。その間を忙《いそが》しそうに歩き回っている、研究員らしいローブを着た人々。ヴィルジールと違うのは、彼は黒いローブを着ているのに、ここにいる人々は生成《きなり》色のローブを着ているところか。

そんな生成色の人々は、私達が扉を開けた瞬間からだろうか、じっとこちらに注目しているのがわかった。私は思わず息が詰《つ》まって、その場から一歩も動けなくなってしまった。

ああ、どれだけ時間が経っても、私はまだ──過去の記憶《きおく》が蘇《よみがえ》りそうになった時、ヴィルジールが私の手を強く引いた。

「わっ……」

何事かと目を白黒させていると、今度は突然《とつぜん》視界が真っ暗になった。

どうやらヴィルジールが着ていたローブを被《かぶ》せてくれたらしい。視界を遮《さえぎ》られるのはありがたいけど、これは少し……恥《は》ずかしいし、歩きにくい。

「あの、ヴィルジールさん……」

「大丈夫。行くぞ」

また大丈夫って……。どうやら彼なりに気を遣《つか》ってくれているらしいことは伝わってくる。

「あれ何かしら」

不意に女性の声が耳に入ってきた。明らかに私のことを言っている。ヴィルジールは無視して歩くものだから、ローブがずるりと頭から離れそうになる。私は慌てて彼の隣についた。

「新しい犬だろう」

「ええ？　あれが？」

後ろからくすくすと嘲《あざけ》るような笑い声が聞こえる気がする。全《すべ》てが私を攻撃《こうげき》しているように聞こえてひどく居心地《いごこち》が悪い。それが事実かどうかは別として……子どもの頃を思い出して、指先が冷たくなる。

それにしても、犬とは。どういう比喩《ひゆ》なのだろう。確かに大魔法使いと魔封士は常に一《いっ》緒《しょ》にいるけど。

ヴィルジールの顔を見上げれば、彼は涼《すず》しい顔をしており、彼らの声などまるで耳に入っていないようだった。

研究院の中を進み、人気の無い廊下《ろうか》に差し掛かった頃、ようやく私達の前を歩いていた研究員が「こちらになります」と扉を開いた。

中にはたくさんの書類がぎゅうぎゅうに詰め込まれた本棚が壁《かべ》一面に並び、中央の机に男が一人座っていた。

「あ、ヴィルジール様いらっしゃい！」

「ああ。紋章の登録に来た」

「聞いていますよ。さあこちらに」

男は椅子《いす》を二脚《きゃく》引っ張ってくると、机の前に並べて私達に座るよう促《うなが》した。

腰《こし》を下ろしてちらりと男を見る。にっこりと微笑《ほほえ》まれて、気まずくなってそっと視線を膝《ひざ》の上へと落とした。

「シャルロット様、そんなに緊張《きんちょう》なさらずとも、紋章を書き写すだけですので。ささ、お手をこちらに出してください」

ヴィルジールが無言で左手を机の上に乗せたので、私もそれに倣《なら》って右手の甲《こう》が見えるように机に出した。太陽と月の紋章が、私達がつがいであることをはっきりと示している。

紋章を書き写すのは、研究院の管理下に置くという意味合いもあるが、誰《だれ》が誰のつがいであるかを記録するためでもあるらしい。以前もミレイユ先生に拾われてすぐの頃に、お屋敷《やしき》に研究員がやってきて紋章を写していったっけ。

あれから六年。私の手の甲に刻まれた太陽と月の紋章は、ミレイユ先生と共に過ごした証《あかし》の花の紋章とは似ても似つかない。私には不釣《ふつ》り合いで重たく感じてしまう。だが、目の前の男は随分《ずいぶん》と目を輝《かがや》かせていた。

「良い紋章ですね！　太陽と月。お二人共、よくお似合いで」

「早く書き写せ」

「まあそう言わんでくださいよ。こんな時でもなきゃ、大魔法使い様と魔封士《まふうし》様とお話しする機会なんてそう無いんですから」

男は口を尖《とが》らせながら筆を走らせた。

そうか、ヴィルジールも紋章が変わっているのか。そんな当たり前のことに気付けないほど、今の私に余裕《よゆう》がないことに気付かされた。以前のつがいの人との紋章は、一体どんなものだったのだろう。

思わず手に力がこもる。すると男は紙面から顔を上げて、人好きのする笑《え》みを浮《う》かべた。

「シャルロット様。私はここで書記をやっておりまして、ここに所属する研究員は皆把握《みなはあく》しているつもりです。以前のつがいのミレイユ様の功績も存じておりますよ！　長年この王立魔法研究院に尽力《じんりょく》した素晴《すば》らしい大魔法使いだったと」

「それは……ありがとうございます」

私がお礼を言うのも変だが、何も言わないのも変な感じがして、ぺこりとお辞儀《じぎ》をした。

そう、先生はすごい人だった。こうして名も知らぬ人にまで知られているくらいには。

　ふと彼が言った言葉が引っかかって、私は下げていた頭を元に戻した。

「あの……ここに所属している研究員の方々を把握している、と仰《おっしゃ》いましたが」

「ええ。そりゃあもう、一番上から一番下まで、大体は」

「では、アンという方をご存知ないですか」

　アン。私の文通相手で、私の唯一《ゆいいつ》の未練だった人。

　手紙の宛先《あてさき》はいつも『王立魔法研究院のアン』とだけ書けばよかった。それでちゃんと届いて、返事が来ていた。だからアンがここにいることは間違《まちが》いないのだ。

　あんな遺書みたいな手紙を送ってしまって、アンは怒《おこ》っただろうか。心配しただろうか。呆《あき》れただろうか。なんにせよ、許してもらえなくても、謝りたいと思うのは傲慢《ごうまん》だろうか。

　男は一瞬手を止めて、天井を見上げて、またすぐに目線を私達の手の甲に移した。

「アン、ですか。それって本名です？」

「さあ……わかりません」

「外見は？」

「文通しかしていなかったものですから」

　そういえばアンのこと、何も知らない。研究院で何の仕事をしているのかも知らないし、どんな見た目か、何が好きで何が嫌《きら》いか、ほとんど知らないのだ。

　男はさらさらと紋章《もんしょう》を書き写しながら、ふむと唸《うな》った。

「アンって愛称《あいしょう》で呼ばれている人なら思い当たるけど、それだけで手紙が届いてたんじゃアンって本名で登録されていそうだよね。ほんとにその人、アンって名前なの？　愛称か本名かはっきりすれば調べられるかも」

「そ、そうですか」

私はぎくりと肩《かた》を強張《こわば》らせた。

確かに短い名前だとは思っていた。けれどそれがただの愛称という可能性なんて考えたこともなかった。だって、アンはアンだったんだもの。

すると男は何かを思い出したようにパッと顔を上げた。

「ああ！　そういえばヴィルジール様のつがいの方も」

「おい」

部屋に響《ひび》き渡《わた》る低音に、私と男は思わず身を縮こまらせた。

声の発せられた方――ヴィルジールの方を見ると、全身で不愉快《ふゆかい》ですと言わんばかりの重苦しい空気を漂《ただよ》わせて男を睨《にら》んでいた。

「早く進めろ」

「ハヒ……すんません……」

「ごめんなさい……」

私と男が謝罪の声を上げたのはほぼ同時だった。

やっぱりこの人、怖《こわ》い。これから毎日顔を合わせなければいけないと思うと死んでしまいそうになる。

ヴィルジールはバツが悪そうにそっぽを向いて、改めて口を開いた。

「俺のつがいはアニーという名だった。アンではない」

「そうそう。可愛《かわい》い子でね」

「無駄口《むだぐち》を叩《たた》くな」

男は「はぁい」と子どもっぽく返事をして、今度こそ紋章の登録に集中した。

それきり誰も言葉を発しないまま、私達はつがいとして改めて研究院に籍《せき》を置くことになったのだった。


紋章の登録が終わり、私達が暮らすという屋敷につく頃《ころ》には、私はすっかりくたびれていた。これほど一日が長く感じたのは初めてだ。

研究院の敷地《しきち》内にいくつか点在する屋敷の前で馬車は止まり、一人の使用人が私達を出《で》迎《むか》えてくれた。

「長旅お疲《つか》れ様です。ヴィルジール様」

「ああ」

「そちらの方が？」

「新しいつがいだ」

シンプルな白いエプロンを着けたメイド服姿の女性が、美しい若木のような鮮《あざ》やかな茶色い髪《かみ》を揺《ゆ》らして私に向かって頭を下げた。

「はじめまして。ゾエと申します」

「は、はじめまして！　シャルロットと申します」

「ヴィルジール様よりお話は伺《うかが》っております。何かございましたらなんなりとお申し付けください」

ミレイユ先生と暮らしていた時は私が使用人みたいな仕事をしていたから、どう接すればいいのかわからず「よろしくお願いします」と頭を下げることしかできなかった。あれ、こういうのって使用人に対して失礼に当たるんだっけ……？　これは失敗だったかと、心臓がバクバクとうるさく鳴る。あんなに死んでしまいたかったのにこんなことで悩《なや》んで緊張して、自分で自分のことがわからなくなる。

するとゾエはそっと私の左手を両手で包みこんだ。

「ミレイユ様のこと、残念でした」

「あ……」

「心が癒《い》えぬうちから慣れない土地に連れてこられ、お疲れでしょう。ヴィルジール様、屋敷《やしき》の案内を？」

「いや。先に食事を人数分」

「かしこまりました」

ゾエは私ににこりと微笑《ほほえ》んで、屋敷の中に入っていった。

「……あの方がここを一人で管理されているのですか？」

「ああ。彼女は簡単な魔法を扱《あつか》えるから。年も近いだろう、困ったことがあったら頼《たよ》るといい」

――いいなあ。

魔法が使えるからと一言で言っても、誰《だれ》もが魔法使いになれるわけではない。

魔法とはマナを操《あやつ》る力のこと。その力が備わるかは血縁《けつえん》や育った環境《かんきょう》にかかわらず、この世に生を享《う》けた瞬間《しゅんかん》に授《さず》かるかどうか――つまり運の要素が強い。

加えて強い魔法使いになるためには、一種の才能と、マナの器《うつわ》がどれほどあるか。身体の中に溜《た》めておけるマナの量は個人で決まっている。何十年と訓練を重ねても強大な力を得ることは難しい。だからこそ、理論上はマナを無限に扱える大魔法使いは重用され、敬われる。

しかしわずかな魔法の力でも、生活の助けとなることを考えれば百人力だ。

私は魔封士《まふうし》という特別な力を持っているけれど、同じ特別な力を持つなら魔法使いになりたかった……。

「シャルロット?」

ヴィルジールに顔を覗《のぞ》き込まれて、はっと我《われ》に返る。

出会ったばかりの彼のことを、私はまだ何も知らない。しかし確実に言えるのは、私の力はこの人のためにあるということだ。

精一杯の笑みを浮《う》かべたけど、うまく笑えただろうか。

「……シャルロット」

「は、はい」

ヴィルジールはじっと私を見て、何か言いたそうに口を開いた。

「──おおーい! ヴィルジール!」

しかし聞こえてきた声は女性のものだった。突然《とつぜん》の大声に飛び上がる。

声がした方を見れば、そこにはすらりと背の高い女性が、ヴィルジールと同じ漆黒《しっこく》のローブを揺らしながらこちらへ歩いてくるのが見えた。

自信に満ちたサファイアの瞳《ひとみ》を輝かせ、肩より短い銀髪《ぎんぱつ》を耳にかけている。これまで出会った研究院の人達がヴィルジールの前では萎縮《いしゅく》していたように見える中、彼女は堂々とヴィルジールの前に立った。

「何しに来た？」

つれないヴィルジールの声色《こわいろ》に少し驚《おどろ》いた。感情が読めない人だとは思っていたが、これだけで今まで私には気を遣《つか》ってくれていたのだと理解できてしまったから。

「相変わらず無愛想だな。君が泡《あわ》を食って出て行ったのを心配していたというのに」

「…………」

ヴィルジールはまた何か言おうとして、苦虫を噛《か》み潰《つぶ》したような表情で黙《だま》りこくった。

「ねえ、君がヴィルジールのつがい？」

「うわっ……！」

突然後ろから話しかけられ、私は再び飛び上がってしまった。

見ればそこには背の低い少年がいた。

彼は美しい金髪《きんぱつ》と澄《す》んだ空色の瞳をしており、まるでどこかの貴族の令息のような身なりの良い出《い》で立ちをしている。

誰も彼も見目麗《みめうるわ》しく、枯《か》れ木のようにくすんだ茶色い髪と黒い目を持つ自分がこの場にいるのは間違《まちが》っているとさえ思える。

彼は私よりも年下だろう。そんな少年とも目を合わせることができないなんて、自分が情けない。なけなしの自尊心でなんとか意識を保ちながら、私は彼にお辞儀《じぎ》をした。

「は、はじめまして。シャルロットと申します」

「はじめまして。僕はルネ。そこの大魔法使いのつがいの魔封士だよ」

ルネと名乗った少年が無愛想に銀髪の女性を指さした。

女性は呆《あき》れたように肩《かた》をすくめると、私に一礼した。

「つがいが失礼した。私の名前はレティシア・ド・ラ・フォンティーヌ。フォンティーヌ伯爵《はくしやく》家次女をやらせてもらっている」

優雅《ゆうが》な一礼に慌《あわ》てて礼を返す。貴族の人と話すのは初めてだ。失礼の無いように、ヴィルジールに迷惑《めいわく》がかからないように……。

そんなことを思っているとレティシアはヴィルジールを肘《ひじ》で小突《こづ》いた。

「可愛い子で良かったなぁ、ヴィルジール」

レティシアの一言にヴィルジールが更《さら》に顔をしかめた。恐《おそ》ろしくて思わず後ずさる。

「シャルロット、ヴィルジールの顔は怖いかもだけど悪い人じゃないから安心してね」

「おいルネ」

「そうでしょ？」

私よりも背の低い少年に何も言い返せずにいるヴィルジールを見ていると、この三人は以前からこんな調子で仲が良いのだろうとわかる。

よっぽど所在なさそうに見えたのだろう、ルネがふわりと微笑んで私を見上げた。

「研究院へようこそ、シャルロット」

「は——はい。ありがとうございます。これからよろしくお願いしますね」

今度こそうまく笑えただろうか。ルネは満足げに頷《うなず》いた。

「そうだ！　せっかくだ、歓迎会《かんげいかい》を催《もよお》してはどうだろうか？」

レティシアが良い思い付きだと言わんばかりに満面の笑《え》みを浮かべる。「いいねそれ」とルネが同調し、目まぐるしく動く状況《じょうきょう》に頭が追いつかない。

「やかましいだろう。迷惑なら迷惑と言っていい」

二人から距離《きょり》を取ったヴィルジールがそっと耳打ちしてきた。

「いつもこんな感じなんですか？」

「今日は特別うるさい」

「私、こんなに賑《にぎ》やかなの、初めてです」

「嫌《いや》か？」

「——いいえ」

存外、つるりとその言葉が出て、自分でも驚いた。ヴィルジールもまた、目を丸くしている。

こんなに感情が乱高下したことは、この十六年間を思い返しても初めてのことのように思える。

「なら、よかった」

そう言ってヴィルジールは、ほんの少しだけ微笑んだように見えた。

この人は表情が読めなくて、何を考えているのか全然わからなくて、怖《こわ》いと思っていたけど、ルネが言った通り、きっと悪い人ではないのだ。

私はこの人のつがいの魔封士だ。この人の力にならなくてはいけない。私にそれができるだろうか。

「あの、ヴィルジールさん」

「さんはいらない」

「……ヴィルジール」

「なんだ」

「私――」

私、頑張《がんば》りますね。あなたの隣《となり》にいても、恥《は》ずかしくないように。せっかくあなたに拾ってもらった命なんだから。

なけなしの勇気を振《ふ》り絞《しぼ》って決意表明をしようとした、その時だった。

「お前達」低く厳粛《げんしゅく》な声が、和《やわ》らいだ空気を切り裂《さ》いた。

解けたはずの緊張《きんちょう》の糸が再びピンと張りつめる。

とりわけ男性の低く他人を威圧《いあつ》するような声は私が最も苦手とするものだった。嫌な記《き》憶《おく》が呼び起こされて、今すぐにでもこの場を逃《に》げ出したくなる。

声の主は恰幅《かっぷく》が良く、白髪《しらが》交じりの茶色い髪《かみ》を撫《な》でつけ、身体にローブを巻き付けた年かさの男だった。

「ヴィルジール。許可無く研究院を出たと聞いたが」

男は眉《まゆ》をひくりと上げ、矛先《ほこさき》をヴィルジールに向けていた。ヴィルジールは怯《ひる》むことなく、私を後ろに下がらせると堂々と彼の前に立った。

「急を要した、それだけです。バランド卿《きょう》」

ルネが私の服の裾《すそ》をくん、と引いた。

「あの人、研究院の実働部隊の一番偉《えら》い人。つまり僕らの上司」

確かに、大魔法使《だいまほうつか》い相手にあの態度は、相当偉い人と言っていい。大魔法使いに対してこんなにも大きな態度を取る人は今まで見たことがない。

バランド卿は怒《いか》りを顕《あらわ》にしてヴィルジールを睨《にら》みつけていた。

先の言葉を鑑《かんが》みるに、ヴィルジールが研究院の外に出るためには許可が必要なのに、それを破ったのが怒りの原因だろう。あの時お屋敷《やしき》に来ていた研究員達は皆《みな》、ヴィルジールが来たことに驚いていた。そしてヴィルジールがそんな行動に出たのは、新しいつがいが必要だったから。本来なら私は速《すみ》やかに研究院へ連れられるはずだったのに、そうならなかったのは間違いなく私のせい——どうしよう。

彼は悪くないのだと隣に並び立つ前に、レティシアがヴィルジールの肩に気安く腕《うで》を置いてバランド卿ににこやかに微笑《ほほえ》みかけた。

「こんにちは、バランド卿！　卿自らこんな所にいらっしゃるとは！　いやぁ、ロザンジュ王国は大変平和になったと見える」

「レティシア嬢《じょう》。それはこちらの台詞《せりふ》だ。こんな所で何をしている？」

「いやだな。私達とヴィルジールは良い同僚《どうりょう》です。そんな彼が新たなつがいを連れてくると言うんですよ。気にしない方がむしろ不自然でしょう」

レティシアの言葉にバランド卿が視線をこちらに向けた。

ひどく冷たい視線に、私はただ息を呑《の》んでその場に立ち尽《つ》くすことしかできなかった。

するとヴィルジールがバランド卿の視線を遮《さえぎ》るように私の真ん前に躍《おど》り出る。私からはヴィルジールの一つに纏《まと》められた黒髪《くろかみ》と、真っ黒なローブしか見えなくなった。

「お忙《いそが》しい身でしょう、何用です」

バランド卿の視線に負けず劣《おと》らず、ヴィルジールの声も冷たい。

「――魔度計《まどけい》の調整が終わったので届けに来た」

「ああ、バランド卿自ら！　ご足労をおかけしましてすみませんね」

レティシアの慇懃《いんぎん》無礼な物言いに、バランド卿は言い返すことはしなかった。

「知ってる？　魔度計」

ルネがこそりと耳元で囁《ささや》いたので、私は頷いた。

「マナの濃度《のうど》がひと目でわかる道具ですよね。見るのは初めてです」

大気中に漂《ただよ》うマナの濃度を測れる道具、それが魔度計。以前ミレイユ先生にその存在を聞いたことがある。ミレイユ先生は既《すで》に現場を離《はな》れていたので、実物は所持していなかった。

通常、マナの異変を調査するには、研究院から各地へ人を派遣《はけん》し、それが本当にマナの濃度の変化によるものか、それとも別の要因かを判断する。だがこの魔度計があれば、その必要はなくなる。

しかし魔度計は貴重な鉱石と難しい魔法が組み込まれており、数も多くないことから研究院で厳重に保管されている。現状では大魔法使いが出動する時のみ、彼らに貸与《たいよ》される……そう聞いた。

「あれね、何年か前にバランド卿が作ったんだよ」

「へえ……！」

どうやらバランド卿という男は、王立魔法研究院に大きな貢献《こうけん》をしている男であるらしい。そんな人にあんな態度を取れるとは……やっぱり大魔法使いってすごい。

「これを渡《わた》しに来たということは、国内で異常が？」

「ああそうだ。どうやら大規模な異変であるらしい。出発は三日後」

バランド卿の返事に、レティシアが大げさに肩をすくめた。

「三日後？　また急ですね」

「異変に予告などあるものか。──そこの、ヴィルジールのつがい」

突然《とつぜん》の指名に、私は飛び上がりこそしなかったものの、口から心臓が出そうになった。

「ミレイユの元つがいだな。名は」

「あ……お、お初にお目にかかります、シャルロットと申します……」

「紋章《もんしょう》を」

言われるがままに右手の甲《こう》を見せる。

バランド卿は手に息がかかるくらいに近づいて、じろじろと紋章を見た。

そっとヴィルジールの方を横目で見ると、彼もまた恐《おそ》ろしい表情でバランド卿を睨んでいるものだから、背筋がひやりとするのを感じた。

「どうやら本物らしい──異変の詳《くわ》しい資料は後ほど届けさせる」

「おやバランド卿、もうお帰りで」

レティシアのわざとらしい明るい声に、バランド卿は何も答えないままローブを翻《ひるがえ》して屋敷の門を出て行った。馬が蹄《ひづめ》を鳴らす音が遠ざかっていく。

「──なぁにあれ」

ルネが心底不思議だと言いたげな声を上げる。

「さあなぁ。よっぽどヴィルジールが勝手に出て行ったのが許せなかったとか？」

「にしては妙《みょう》な態度だった」

「なんかピリピリしてたね」

私以外の三人が顔を突《つ》き合わせて議論を始めてしまった。

どうやらバランド卿は、いつもはあのような態度ではないようだ。

私がよっぽど不思議そうな顔をしていたのか、レティシアが笑って私の肩《かた》を叩《たた》いた。

「心配ない！　彼は仕事熱心なだけさ。魔封士《まふうし》の役割についてもよく知っている。他人に厳しいのが玉に瑕《きず》だが」

「たまにひどい無茶振《むちゃぶ》りしてくる時あるよね。さっきの三日後に出発って話も唐突《とうとつ》だし」

ルネの言葉にレティシアがうんうんと頷《うなず》く。ヴィルジールも思い当たる節があるらしく、どこか苦々しい表情をしていた。

バランド卿は彼らの上司に当たるということは、当然私と接する機会もあるのだろう。正直言ってやっていけるか不安だ。あのように首尾一貫《しゅびいっかん》して仕事に取り組んでいるような人とどう接したらいいのかまるでわからない。

何より腰《こし》を落ち着ける間もなく仕事が待っているだなんて。私に務まるのだろうか。

「シャルロット」

「は、はい？」

低い声に顔を上げれば、ヴィルジールが私の顔を物憂《ものう》げに覗《のぞ》き込んでいた。思わず仰《の》け反ってしまい、気まずい時間が流れる。

それはほんの数秒だったが、ガチャリ、と扉《とびら》が開く音がして、皆の視線がそちらへ向く。私は心底ほっとしていた。

「──ヴィルジール様、シャルロット様、お食事の準備が整って……おや、レティシア様、ルネ様、いらしていたんですか」

すました顔でゾエが私達を見回す。ヴィルジールが返事をする前にレティシアがひらりと手を振った。

「やあゾエ。私達の分は？」

「残念ながら」

「当たり前だろ」

ヴィルジールが冷たく言うので、レティシアはくすくす笑った。

「そりゃあそうだ。ルネ、私達も屋敷に戻《もど》ろう」

「うん」

「──シャルロット、君とはまた改めて話がしたいな」

「は、はい」

そんなことを言われるとは思っておらず、つっかえながら返事をするとレティシアは満足げに頷き、ルネを伴《ともな》って去って行った。

なんだか嵐《あらし》のようだった。私は思わず深くため息をついていた。

それから私達は遅《おそ》い昼食を終えた。その後私は屋敷を案内され、最後に自室となる部屋に通された。

部屋にはいつの間にかミレイユ先生のお屋敷から荷物が運ばれていた。魔法で転移させたのだろう。こうして私物が綺麗《きれい》に揃《そろ》っているということは、やはりミレイユ先生の根回しがあったのだろう。私がヴィルジールのつがいとなることは既定《きてい》路線だったのだろうか。

部屋にある調度品はどれもこの屋敷の物らしかったが、机と椅子《いす》は私が先生のお屋敷で使っていた物を運んだらしい。

椅子に腰掛《こしか》けるとひどく安心して、私はそのまま机に突っ伏《ぷ》した。

これから私はここで暮らしていくのか……ぼうっとするうちに意識が遠のいてゆく。


「シャルロット様、いらっしゃいますか」

ゾエの声にはっとして身体を起こす。

窓の外を見ればすっかり日が暮れていて驚《おどろ》いた。よっぽど疲《つか》れていたのだろう。

慌《あわ》てて扉を開くと、ゾエがにこりと微笑《ほほえ》みかけた。

「シャルロット様。ヴィルジール様がお呼びですよ」

「ありがとうございます。……あの、ゾエさん」

「ゾエとお呼びください」

どうしてこの人達は敬称《けいしょう》を嫌《いや》がるのだろうか。どうにも慣れない。

「……では、私のことはシャルロットと」

「いいえシャルロット様。私は使用人、あなたは魔封士です。立場は弁《わきま》えなければ」

強い語気で言われ、私は何も言い返せなかった。

きっとここで暮らしていくにつれ、こういったことは増えていくのだろう。慣れなければ。

ゾエに連れられて食堂に行くと、広いテーブルの上に地図を広げたヴィルジールが顔をしかめながら書類を睨《にら》みつけているのが見えた。

「お連れしました」

「ああ、シャルロット。座ってくれ」

言われるがままヴィルジールの向かいに腰掛ける。

ヴィルジールはそのまま書類を眺《なが》めているので、ゾエが呆《あき》れてため息をついた。

「ヴィルジール様。夕食を運ぶ前に片付けてくださいよ」

そう言われ、ヴィルジールはバツが悪そうに眉間《みけん》に皺《しわ》を寄せた。

不思議だ。ヴィルジールとゾエは確かに主人と使用人の関係であるはずなのに、対等であるかのように見える。私もそうあるべきなのだろうか。

ヴィルジールはゾエの言葉にも私の態度にもさして気にした様子はなく、机上《きじょう》の地図を指さした。

「三日後の朝、異変の調査に発《た》つと聞いたな。場所はここ、王都エフェメールからしばらく行った所にあるリラズという町だ」

地図に示されていたのは何の変哲《へんてつ》もない田舎《いなか》町のようだった。

ここでマナの異変が起こっている。それも、急を要している。私達はここに向かい、マナを一旦《いったん》正常な値《あたい》に戻すのだ。

なぜマナの濃度《のうど》が変わったのか、どうすればマナの値を長期的に正常に保てるのかを考えるのは研究員の仕事である。

「資料によると、マナが減少したことで見られる異変が多く起こっているようだ。大魔法《だいまほう》使《つか》い——つまり俺がマナを放出して調整するのが主な仕事になるだろう。シャルロットには補助を頼《たの》みたい」

「補助……あの、具体的には？」

「そばにいてくれたらそれでいい」

——大魔法使いと魔封士のつがいは、そばにいることが当たり前だ。

大魔法使いはマナを無限に生み出し、魔法を操《あやつ》ることができる。だがその強大な力故《ゆえ》に、魔法の制御《せいぎょ》が利《き》かない場合がある。それを抑制《よくせい》するのが魔封士の役割でもあるのだ。

大魔法使いも魔封士も、つがいが近くにいないと力の制御が利かなくなる。だから、つがいが共に行動するのは当たり前のこと……。

しかしそれは、必要なのはつがいであり、私自身ではないということ。

そばにいてくれたらそれでいいと、その言葉に私自身を必要としてくれているのかと一瞬《いっ しゅん》喜びを覚えたが、ヴィルジールには魔封士が必要なだけなのだ。契約《けいやく》した魔封士なら、別に私じゃなくてもいい。当たり前のことなのに、どこか落胆《らくたん》している自分がいた。

「……わかりました」

「何か気になることが？」

「いいえ」

「突然連れてこられたかと思えば、いきなり実働で面食《めんく》らっただろう。問題があれば遠慮《えんりょ》なく言ってほしい。俺達はつがいなのだから」

私は曖昧《あいまい》に頷くほかなかった。

「――ヴィルジール様、片付けはどうされたのです？」

ゾエが食事を載《の》せたワゴンを押しながら、やはり呆れたように口を尖《とが》らせた。

「悪かった」

ヴィルジールは渋々《しぶしぶ》謝ると書類やら地図やらをかき集め、それらを手で薙《な》ぎ払《はら》うようにしただけでどこかに消してしまった。

恐《おそ》らく転移の魔法だろう。ミレイユ先生もよく使っていた。

この手の魔法を杖《つえ》も使わず行使できるなんて。やっぱり大魔法使いだからだろうか、それとも彼の努力の賜物《たまもの》であるのだろうか。羨《うらや》ましい。

食事が私達の前に運ばれて、ゾエも席についた。どうやら本当にこの屋敷《やしき》には使用人のゾエとヴィルジールしかいないらしい。だからだろうか、同じ席で食事を取るようだ。

「シャルロット様、お部屋で何か不便なことはございませんか」

「いえ、あの……すごく良いお部屋です」

「それはよかった」

子どもみたいな感想にもゾエは優《やさ》しく微笑んでくれた。

「シャルロット様は長らくミレイユ様のお屋敷で過ごされていましたが、この研究院のことについてはどれだけご存知で？」

「一般的《いっぱん》なことは先生から一通り教えてもらいましたが……市井《しせい》の人達と変わらない知識しかないと思います」

「それでは、ヴィルジール様、ご説明してさしあげたらいかがです？」

ゾエの言葉に、えっ、と思うと同時に、ヴィルジールがパンを千切る手を止めた。

「……研究院は王国直属の機関だ。能力の高い魔法使いが国中から集められ、各地に派遣《はけん》されたり、新たな魔法の研究に取り組んだり――」

あ、説明してくれるんだ。この人は意外と素直《すなお》で優しい人なのかもしれないと思った。

ヴィルジールは王立魔法研究院について淡々《たんたん》と説明を続けてくれた。

「各地のマナの異変を調べるのもそうだが……研究院では度々《たびたび》、新たな魔法の開発もされている。生活に必要な魔法がほとんどだが、人知を超《こ》えるような眉唾《まゆつば》ものの魔法の研究をしている酔狂《すいきょう》な輩《やから》もいるという噂《うわさ》もある」

「はあ、人知を超える……」

そんなこと、ミレイユ先生は一言も言っていなかった。どうやら誰《だれ》かがそういう魔法の開発をしていると、研究院で噂になっているらしい。ヴィルジールは「くだらない」と一蹴《いっしゅう》したが、私は興味を持った。

「人知を超えるような……って、具体的にどんな魔法なんですか？」

「ああ、不老不死とか、死んだ人間を蘇《よみがえ》らせるとか。魔法はおとぎ話ではないというのに」

不老不死や死者蘇生《そせい》……確かにそれは、おとぎ話と一蹴されても無理はない。それに、なんだか不気味だ。

静かに話を聞いていたゾエが、やれやれと首を振《ふ》った。

「ヴィルジール様。お食事の際にするような話ではございませんよ」

確かにそうかも。

ヴィルジールはそれきり黙《だま》ってしまった。

ようやく一日が終わろうとしている。

私は寝間着《ねまき》に着替《きが》えてベッドに行儀悪《ぎょうぎわる》く飛び込んだ。

今日は本当に、数え切れないほど色んなことがあった。だけど生きていく限り人生は続く。今自分がこうしているなんて、今朝の自分に想像できただろうか。

うとうとしかけて、まだやらなくてはいけないことがあると跳《は》ね起きた。

机に向かい、引き出しを開ける。そこには使い慣れた便箋《びんせん》と封筒《ふうとう》がしまわれていた。これも運んできてくれたのだ。誰がそうしてくれたのかわからないけど、感謝しながらそれらを机の上に広げて、私は手紙を書き始めた。

親愛なる私の友人、アンへ

お元気ですか。

先日はあなたの気持ちも考えずあんな手紙を送ってしまってごめんなさい。

王立魔法研究院の大魔法使い、ヴィルジール様が私を訪ねてきてくださり、彼のつがいとなって、研究院で暮らすこととなりました。

私は、ミレイユ先生が亡《な》くなって、つがいを失って、もう生きる意味もないと思っていました。ですが、こうして繋《つな》いでもらった命。ヴィルジール様のつがいとして、新たな役目を全《まっと》うしたいと思います。

この手紙が届く頃《ころ》、私は異変の調査のため、リラズの町へと向かっています。それが終わったら、あなたに会って心からの謝罪をしたいです。

アン、あんな手紙を送ってしまって、あなたは心配してくれたでしょうか。それとも呆れたでしょうか、怒《おこ》ったでしょうか。

あなたは研究院にいるのですよね。どうか私と会ってくれないでしょうか。

わがままを言ってごめんなさい。お返事を待っています。

シャルロットより

書き終えた便箋を封筒に入れる。宛名《あてな》は『王立魔法研究院のアン』これだけだ。今までこれだけで手紙は届いていた。

——アン。私の唯一《ゆいいつ》の友達。

紋章《もんしょう》の登録をしてくれた人は「アンという名が愛称《あいしょう》か本名かはっきりさせないと」と言

っていたけれど、結局、アンに本名かと問う勇気を持つことができなかった。……今まで文通ができていたのだから、きっとどこかにアンという人物は存在するはずなのだ。そう自分に言い聞かせながら、私は手紙に蠟《ろう》を垂らし、封をした。

「――シャルロット様」

控《ひか》えめなノックと共に、扉越《とびらご》しにゾエの小さな声が聞こえてきた。思わずつられて、そろりと扉《とびら》を開ける。

「明かりがついていたので。起こしてしまいましたか？」

「いえ、もう寝《ね》るところでした」

そう言うとゾエはほっとした表情を見せた。

「あの、ゾエさん……ゾエ、手紙を出したいのですが」

「手紙ですか。お預かりしましょう」

「ここの研究院の人宛《あ》てなんです。いつ頃届きますか？」

ゾエは私から封筒を受け取ると、宛先を見てふむと唸《うな》った。

「研究院では、本棟《とう》の郵便室に郵便物が集められ、そこから各員に配達される仕組みになっています。研究員の方達は派遣先にいらっしゃることも多いので、そういった場合はまず派遣先の支部に届けられてから、各員に渡《わた》されるかと」

「ああ、そっか。ここにはいないかもしれないんですね」

「ですがそう時間はかからないかと。ヴィルジール様なら難なく郵便室へ送ってくれますから、次からはあの方へ頼《たの》むとよいかと」

「ゾエはできないんですか？」

「私の魔法《まほう》は物を浮《う》かせたり飛ばせたりが主で、転移は難しいです」

――それでも、魔法を使えるのって、いいなぁ。

そんな羨望《せんぼう》の声が口から出そうになって、慌《あわ》てて唇《くちびる》を引き結んだ。

ゾエはさして気にした様子もなく、おやすみなさいませと挨拶《あいさつ》をして去っていった。

私も明かりを消してベッドに入った。

昨晩はミレイユ先生が亡くなったことが辛《つら》くて泣きはらしていたのに、今日は一つも涙《なみだ》が出ず、私は疲《つか》れてすぐに眠《ねむ》りに落ちたのだった。


リラズの町は周辺を豊かな自然と農園に囲まれた小さな町だ。

私とヴィルジールは馬車に揺《ゆ》られながら外の様子を眺《なが》めていた。

ここで起こっている異変。マナが減少するということは、生命活動が低下していくということ。発育不良や、病気にかかりやすくなるなど、異変は多岐《たき》にわたる。人体に対してはもちろん、農園にとっても大打撃《だげき》だろう。

王都エフェメールの食糧《しょくりょう》は、主にこのリラズの町から運ばれてくるという。この町に問題が起こっては、王都で平和に暮らしている者達の生活も立ち行かなくなってしまう。

馬車はリラズの町の中心部から少し離《はな》れた場所に到着《とうちゃく》した。研究院の支部らしい、石造りの小さな建物の周りには簡易的なテントも建てられ、研究員達が忙《せわ》しなく働いている。

「やあシャルロット。初めての実働はどうだ？」

馬車を下りるなり、別の馬車に乗っていたレティシアが顔を覗《のぞ》き込んできた。

バランド卿《きょう》の命によって私とヴィルジール、レティシアとルネ、二組のつがいがこのリラズの町に派遣されることとなった。それだけ事態は深刻で、急を要しているらしい。

「……緊張《きんちょう》しています」

「はは、そうか。だが案ずることはない。君はヴィルジールのつがいだ。堂々としていたまえ。――おいヴィルジール、こういうのはお前が言ってやるものじゃないのか？」

ヴィルジールはぎくりと肩《かた》を強張《こわば》らせ、私をじっと見下ろした。それがあんまりにも気まずそうなので、お互《たが》い目をそらす。

この数日間、ヴィルジールと親交を深めることはできなかった。ゾエが間に入ってくれなければまともに会話も続かないほどだ。そのゾエも今日は屋敷《やしき》を預かることになり、帯同してはいない。

彼がどうやら優《やさ》しい人である、というのはなんとなくわかる。しかしだからと言って、距離《きょり》を縮められるかどうかはまた別の問題で。彼に対する恐《おそ》れは随分薄《ずいぶんうす》らいだが、レティシア達のように気安く話しかけることはできないでいる。

そうこうしているうちに研究員に呼ばれた大魔法使い達は、私達を伴《ともな》って現状の確認《かくにん》をすることになった。しかし今回の異変はマナの減少。私達魔封士《まふうし》の仕事は大魔法使いのそばにいることだけだ。

「そんなにガチガチにならなくたって大丈夫《だいじょうぶ》だよ、シャルロット」

「ルネ君……」

「実働が初めてなら僕の方が先輩《せんぱい》だね」

ルネがにっと笑うので、少しだけ心を落ち着けることができた。

研究員の話では、植物の生育不良や体調不良者が続出しており、それらの原因が外部に見られないことから、やはりマナの減少が起こっているのだろうと推察された。私達がするのは一時的にマナを増やし、マナの減少の原因を究明し解決するまでの時間を稼《かせ》ぐこと。

私達はさっそく、町の中央へと向かった。と言っても、人々が暮らす町中からは少し外れた、町と農地の境目のような場所が地図上では町の中央ということになっている。

「想像以上にマナが少ない」

ヴィルジールが魔度計《まどけい》を取り出してそう言うと、レティシアも同じように自身が持つ魔度計を見て、周囲を見渡《みわた》した。

「少し時間がかかるかもしれない。ルネ、昨日夜ふかししてただろう？　昼寝《ひるね》でもしていていいぞ」

「しないよ」

レティシアはアハハと笑いながら、何もない空間から杖《つえ》を取り出した。ヴィルジールのものとは違《ちが》う、美しい翼《つばさ》の意匠《いしょう》がよく目を引く。

ヴィルジールもまた杖を取り出すと、私に視線を寄越《よこ》した。

「シャルロット」

「はい」

「離れないように」

「はい」

それだけ言ってヴィルジールはレティシアの隣《となり》に並び立った。

マナは目に見えない。しかし二人が杖を掲《かか》げると、キラキラとした光が溢《あふ》れてくるように見えて、暖かな空気が流れ込んでくるよう。私は思わずほうと息をついた。

普通《ふつう》に会話するには少し遠い、しかし大声を出せば聞こえるくらいの距離を保ちながら、私とルネはその様子を見守っていた。

「なんだか空気が澄《す》んでいくみたいですね……」

「シャルロットのつがいはああやってマナの放出をすることはなかったの？」

ルネが不思議そうに問いかける。

「ミレイユ先生は高齢《こうれい》で、大魔法使いとしての力は弱くなっていました。私とのつがいは成立していましたが……あのように消耗《しょうもう》するような力の使い方を見ることはありませんでした」

改めてヴィルジールを見る。

満月のような杖を掲げてマナを放出する様子は、まるで天に祈《いの》りを捧《ささ》げているかのよう。

しかしどんなに優雅《ゆうが》に見えても、彼らが大魔法使いだとしても、体力の消耗は激しいだろう。

人間は体内にマナを溜《た》めておける器《うつわ》のようなものがあって、マナが減ると休息を取ることによって大気中からマナを取り込んで回復することができる。

大魔法使いはその器が空になっても、自らマナを生み出すことによって器を満たし、魔法を使える。だがマナを放出し続ければ、それは常に空腹の状態で動くようなもの。身体への負担は計り知れない。

「じゃあシャルロットは、大魔法使いに魔封士がどれだけ必要なのか知らないんだ」

「え？」

「僕達魔封士は大魔法使いにとって絶対に必要な存在なんだよ。だから、そんな風に、ずーっと不安そうな顔しなくたっていいんだよ」

魔封士は大魔法使いにとって絶対に必要な存在……。

頭では理解しているつもりだった。しかし私はミレィユ先生のもとで暮らしていく中で、その本質を何も摑《つか》めていなかったのかもしれない。

なんだか急にルネの隣に並び立っているのが恥《は》ずかしくなってきた。同じ魔封士だが、彼と私とではまるで違う。ただここにいるだけの私と、魔封士として自信と誇《ほこ》りを持っているルネ。そして大魔法使いとして使命を全《まっと》うしているヴィルジールとレティシア……。

自分はここにいていいのだろうか。

そんな私の内心に答えるように、知らない人間の声が耳に飛び込んできた。

「あれが魔封士？」

ひそひそ声であるはずなのに、やけに耳に残った。そうっと声のする方を見ると、この町の人々が数名、遠巻きにこちらを睨《にら》みつけていた。

「大魔法使いを呼ぶって言ってたけど、魔封士も来るなんて」

「大丈夫かしら……うちの近所には近づかないでほしいわ」

思わず口元を押さえた。

町の人々はその後もこちらを監視《かんし》するようにしながら様子を窺《うかが》っていた。

指先が冷えていくような感覚。ミレィユ先生と出会う前のあの感じ。頭が真っ白になる。

「シャルロット、大丈夫？」

「う……いえ……すみません……」

「ああいうのよくあるよ。気にしてたら表に出らんないでしょ」

ルネはなんでもないことのように言った。

そう、よくあること。だから私はミレィユ先生の屋敷から出られなかった。

自分が望んだ力ではないのに疎《うと》まれる。どうしたらいいのかわからなくなる。

魔封士の力は確かに大魔法使いに必要な力。しかし普通の人にとってはそうではない。

もし力が暴走したら、その時はマナを吸収する力を制御《せいぎょ》することができず、そばにいる生物の生命が危《あや》うくなる。

だから魔封士を恐れる人の気持ちもわかっているつもりだ。それでも、隣に堂々と立つルネのようにはいられず、この場から今すぐ消え去りたいとさえ思った。

「――あ、レティシアが帰ってきた」

はっとして顔を上げると、杖を支えにしてこちらに歩いてくるレティシアの姿が見えた。

ルネは矢のように飛んでいって、レティシアの身体に触《ふ》れた。

「やあルネ。待たせたね」

「シャルロットと話してたから全然」

一組のつがいを尻目《しりめ》に、私はヴィルジールの姿を捜《さが》した。ルネとの会話に夢中になるうち、いつの間にか彼が先程《さきほど》よりも離《はな》れた所にいることに気が付かなかった。

まだそう離れてはいないため制御に支障は出ないだろうが、かと言ってまだ力を使っている最中に自分が行っていいものだろうか……そう悩《なや》んでいると、レティシアがくすりと笑った。

「ルネ。ヴィルジールを呼んできてくれ」

「え？　でも……」

「何、そこまで疲《つか》れちゃいないさ」

ルネは少し不服そうだったが、ヴィルジールに向かって走って行った。

レティシアと二人残された私は、ただ呆然《ぼうぜん》とルネの背中を見送ることしかできなかった。

「どうだシャルロット。まだ数日しか経《た》っていないが、あいつの様子は」

「あいつ……ヴィルジールさんですか？」

ああ、とレティシアが頷《うなず》く。私はその問いにどう答えればいいのかわからず、ただありのまま数日間の様子を伝えた。

会話はほとんどないこと。あったとしても事務的なもので、彼がどんな人間なのかまだよくわからないこと。ゾエがいないと会話が続かないこと……。

それらを聞いたレティシアはふっと相好を崩《くず》した。

「私とヴィルジールが同僚《どうりょう》となってから随分《ずいぶん》経つが、最初の一年くらいはまともに口を利《き》いてもらえなかったよ」

「そうなんですか？　その……随分親しいように見えますが」

「親しくなれるよう頑張《がんば》ったのさ」

レティシアは昔を懐かしむように口端を上げた。

心のどこかでヴィルジールがまともに口を利いてくれないのは自分のせいだと思っていたが、そうではないらしいことに少し安心する。

……いや、安心している場合ではない。私とヴィルジールはこれから長い時間一緒《いっしょ》に過ごすことになる。恐《おそ》らく、どちらかが死ぬまで。

レティシアが言ったように、私も頑張らなくてはいけないのだ。

「大魔法使《だいまほうつか》いも魔封士《まふうし》も、ほら、色々あるだろう？」

「色々？」

「強すぎる力には責任が伴《ともな》うってやつさ」

レティシアはそう言って、ちらりと私の背後に視線をやった。振《ふ》り返ると、先程私とルネのことを噂《うわさ》していた町の人々が、レティシアの視線に気付いてそそくさと去っていくのが見えた。

レティシアはなんでもないことのように続けた。

「だからかな。大魔法使いと魔封士は誰《だれ》も彼も警戒心《けいかいしん》が強いというか、何と言うか。でも君がルネとすぐに打ち解けられたのを見て私は嬉《うれ》しかったよ。あの子もヴィルジールと同じで、打ち解けるまで随分とまあ苦労したものだ」

「そうなんですね」

彼女にそう言われると、なんだかすとんと腑《ふ》に落ちる。そんな風に言ってもらえると、私は魔封士で良かったと思える。不思議だ。

「ああでも、アニーはとても素直《すなお》な女の子だったな。それに可愛《かわい》かった」

「アニー……って、ヴィルジールさんの前の……」

「そう、つがいの魔封士だ。彼からあの子の話は聞いたか？」

私が首を横に振ると、レティシアはそっと目を伏《ふ》せて、「まあそうか」と呟《つぶや》いた。

――アニー。ヴィルジールの、前のつがいの魔封士……。

ミレイユ先生が亡《な》くなってからまだ間もないのと同様に、アニーも亡くなってからそう時間が経っていないような口ぶりだった。

当然と言えば当然だ。そうでなくてはヴィルジールが私の所まで来ることもなかったのだから。

「あいつから話を聞かせてもらうといいよ。アニーのことを随分溺愛《できあい》していたから、きっと面白《おもしろ》い話が聞ける」

そう言ってレティシアはおもむろに顔を上げた。彼女の視線の先を見ると、先程走っていったルネがヴィルジールを伴って戻《もど》ってくるところだった。

ルネがレティシアに駆《か》け寄るので、私も慌《あわ》ててヴィルジールに駆け寄った。

つがいとしての仕事をしなければ。大魔法使いはマナを生み出し放出する際に力が乱れることがある。普段《ふだん》は一定の間隔《かんかく》で生み出されるそれが、空気を含《ふく》んだ湧《わ》き水のように不規則に溢《あふ》れてきて、身体に必要以上の負担がかかってしまう。そのためには魔封士が大魔法使いに対して身体的な接触《せっしょく》をし、力を制御しなくてはならない。

ミレイユ先生のつがいだった時、大魔法使いの力の制御をすることは稀《まれ》だった。今までどうしていたっけと思い出す。先生はいつも私に両手を握《にぎ》るように促《うなが》していた。ちらとレティシアとルネの方を見る。二人は自然に寄り添《そ》って、穏《おだ》やかに談笑《だんしょう》していた。

「――シャルロット」

「はっ、はい！」

突然《とつぜん》名前を呼ばれて声が裏返る。

ヴィルジールはするりと杖《つえ》を消してしまうと、片方の手袋《てぶくろ》を外した。

なんだか握手《あくしゅ》を求められているような形になって、私はおずおずと彼の手を両手で包みこむ。これでよいのだろうか。うまくできているだろうか。自分の内側にある力の流れがゆらぐのを感じていると、ヴィルジールがもう片方の手をそっと添えた。

風に煽《あお》られる炎《ほのお》のようなヴィルジールのマナのゆらぎが、少しずつ落ち着いていくのがなんとなくわかる。

「……あの、ええと、大丈夫《だいじょうぶ》ですか」

いたたまれなくて声を上げたが、まるで子どものような心配の仕方だったので、ますます気まずくなった。

しかしヴィルジールはあまり気にしていない様子だった。彼の金色の瞳《ひとみ》に、私の黒ぐろとした瞳が映し出される。

「大魔法使いには魔封士が必要だ。だから――……その、助かった」

何を言われるかと思えばそれは彼なりの礼の言葉だった。私は面食《めんく》らってきっと間抜《まぬ》けな顔になっていたに違《ちが》いない。

「ええと、私、やり方がわからなくて」

「ああ」

「うまくできているのかも、わからなくて」

「大丈夫。よくできている」

――ヴィルジールは口数が少ない。何を考えているのかわからないし、やっぱりまだ、ちょっと怖《こわ》いと思う。けれどその短い言葉の端々《はしばし》に、人を思いやるような部分が見えた。

「よかった」

私は思わずほうと息を漏《も》らした。彼の言葉に安心を覚えたのだ。

それからしばらく私達は何も言わず、ただ向かい合って手を握り合っていた。静寂《せいじゃく》が続くが、それに不安を覚えることはもうなくなっていた。

マナのゆらぎが随分落ち着いた頃《ころ》には、ヴィルジールの表情も幾分和《いくぶんやわ》らいでいた。私の視線に気付いたらしいヴィルジールが、不意に顔を上げる。

「――そういえば、シャルロット宛《あ》ての手紙がある」

そう言ってヴィルジールの手が離れていく。彼は懐《ふところ》から一通の封筒《ふうとう》を取り出した。

それは生成《きなり》色の封筒に、見慣れた文字が綴《つづ》られていた。

受け取って差出人を見れば、『王立魔法研究院のアン』とあった。

――ああ、アンだ。よかった。返事をくれた。こんな私のことを、アンはまだ気にかけてくれていた！

思わず喜びが溢れ出す。今までだって返事が来る度《たび》に喜んでいたけれど、今回は特別だった。

「あの、すみません、今読んでもいいですか」

「ああ」

ヴィルジールが頷くので、私はそっと封蠟《ふうろう》を剝《は》がした。

便箋《びんせん》を取り出す手が震《ふる》える。あんな手紙を送ってしまったのだ、もう私に愛想《あいそ》を尽《つ》かしてもおかしくはない。私は食い入るように文面を見つめた。

親愛なる友人、シャルロットへ

手紙をありがとう。別れの手紙を受け取った時、私は何もできない自分が悔《くや》しくてたまらなかった。

あなたが生きていて、私がどれほど嬉しいか伝わっているでしょうか。

どうか悩《なや》みがあっても一人で思い詰《つ》めないで。私は訳あってあなたに会うことはできないけれど、きっとあなたの力になります。

私があなたを大切に想《おも》っていることを、どうか忘れないで。

アンより

一枚の便箋に書かれた短い手紙。

けれど今までもらった手紙の中で、一番心を震わせるものだった。

アンは私を大切に想ってくれている。私の唯一《ゆいいつ》の友達。

改めて、なんて馬鹿《ばか》な手紙を送ってしまったんだろうと猛省《もうせい》する。でも、アンは私を見捨てなかった。会えないのは残念だけど、姿が見えないことなんてどうでもよくなる。

鼻の奥がつんと痛むのを感じながら、私は思わず手紙を胸に抱《だ》きしめていた。

「良い知らせだったか」

ヴィルジールがそう問いかけるので、反射的に頷《うなず》いた。全身から溢れ出る私の喜びが、彼にも伝わっていたらしい。

「それは良かった」

そう言ってヴィルジールは目を伏せて笑った。

思えばこの人も、出会って間もない時から、ずっと私のことを気にかけてくれていた。今もそうだ。身体には負担が残っているだろうに、元気づけられたのは私の方だ。

「ヴィルジールさん、私、頑張《がんば》ります」

ミレイユ先生はもういないけれど——アンがいるから、頑張れます。

ヴィルジールはただ一言、「そうか」とだけ言った。

彼が背中を向けたので、私はヴィルジールがどんな表情でそれを言ったのか、わからなかった。

第二章　重なる手のひら

私達は再び馬車に揺《ゆ》られていた。

リラズの町のマナは一時的に安定し、ひとまずの危機を乗り越《こ》えた。マナの影響《えいきょう》か、元気がなかった町の人達も生気を取り戻し、あとは研究員達が原因を究明するだけだ。

少しくらいは休めるだろうと考えていると、私達二組のつがいを次の町へ寄越《よこ》すように伝える伝令がやってきた。あまりに急なことで、これが研究院の本部に所属する者達の忙《いそが》しさなのかと驚《おどろ》いたが、どうやら長い間勤めているヴィルジール達も動揺《どうよう》しているようだった。

次の町はグルナーという場所。町と町とを結ぶ国道の中間にある、交通の要所だ。そのせいかリラズの町よりもずっと人が多く、同時に馬車の外からでも町民の疲弊《ひへい》が伝わってきた。

リラズの町の時と同様に、やはりこの町もマナが減少しているらしい。恐《おそ》らくそうであることは魔度計《まどけい》を見なくてもわかった。誰《だれ》も彼も顔色が悪い。医者に原因が突《つ》き止められないなら、真っ先に疑われるのはマナの減少だ。

マナが減少していれば生命活動は弱まり、逆に増大していれば生命活動は強まるからだ。

一見するとマナが増えれば増えるほど生命力が活発になり良い影響を与《あた》えそうなものだが、実際は違う。生命活動が増幅《ぞうふく》した結果、動物の身体に異変が起こり、やがて魔物と呼ばれる異形の生物が生まれる……なんてこともある。人間の場合も理性が働かなくなったり、本能を刺激《しげき》され凶暴《きょうぼう》になったり、あるいは感覚が研《と》ぎ澄《す》まされて幻覚《げんかく》や幻聴《げんちょう》の症状《しょうじょう》が出るなんてことも。

だからマナは減りすぎても増えすぎても良くない。もっとも、生物が生きる以上マナを常に消費しているので、大気中のマナが増えすぎるという事例は滅多《めった》に聞かないが。

馬車が研究院の支部に到着《とうちゃく》し、私達は連れ立って中へと入った。

するとそこには、思いがけない人物がいた。

「バランド卿《きょう》、なぜあなたがこんな所に？」

レティシアが素《す》っ頓狂《とんきょう》な声を上げた。私も含《ふく》め、皆《みな》が驚きを隠《かく》せないでいる。

「私がいてはおかしいかね」

「そりゃあそうでしょう！　上役が現場に出てくるなんて！」

どうやらバランド卿がこうして異変が起こっている現場に来ることはまず無いことのようだ。ヴィルジールは声にこそ出さないものの、横顔を見ればどこか警戒《けいかい》しているのがわかった。

バランド卿はえらぶって、おほんと咳払《せきばら》いをした。

「リラズの町、グルナー、他《ほか》にも周辺でいくつか……大規模な異変が起こっていることが判明した。どこもかしこもマナの増減に起因している。このままでは王都エフェメールにまで影響を及《およ》ぼす可能性が高い」

「こんな立て続けに異変が？　研究員達はなんと？」

ヴィルジールが当然の疑問を投げかけたが、バランド卿はフンと鼻で一蹴《いっしゅう》するばかりだった。

「それがわかれば苦労はせんだろう。お前達は至急各地のマナの調整をするように」

それだけ言ってバランド卿は建物の奥へと引っ込んでいった。

しばらくの間、誰も何も言わない時間が続いた。皆頭の中で現状について考えているのだろう。

ミレイユ先生のもとにいる間、マナの増減による過去の事象について多少は勉強したものの、異変が起こる原因は多岐《たき》にわたるため、結局は現場で判断するしかない……そうミレイユ先生が言っていたのを思い出す。

「――ヴィルジール様、シャルロット様」

不意に名前を呼ばれ、皆が一斉《いっせい》にそちらを振《ふ》り返る。

「ゾエ、なんでここに」

ヴィルジールが珍《めずら》しく驚きを顕《あらわ》にした。

使用人のゾエはヴィルジールと私が暮らす屋敷《やしき》で唯一の使用人だ。私達は彼女に留守を任せ、今回の仕事に出向いている。そんなゾエがこうして現場にいるのはひどく不自然に思えた。

「先日、お二人が屋敷を出られてすぐ、バランド卿から直接の打診《だしん》があったのです。恐らく今回の仕事は過酷《かこく》なものになる、現場の研究員は異変の調査にかかりきりだろうと……つまりあなた方が世話を必要としても、割《さ》ける人員はいない。そこで、私も現場に赴《おもむ》き、皆様の身の回りの世話をするよう、仰《おお》せつかりました」

「だったらうちの使用人を何人か連れてきたのに」

「俺達は赤ん坊《ぼう》か？」

レティシアに続いてヴィルジールが皮肉っぽく言うと、ゾエは口元に手を当てて上品に笑った。

「これはヴィルジール様の人嫌《ぎら》いに端《たん》を発するものかと」

「あー。なるほど」

ルネが納得《なっとく》したように頷いた。

そういえば屋敷での短い生活の中でゾエから聞いたことがある。ヴィルジールは自分が来るまでずっとつがいと二人きりであの屋敷で暮らしていたと。それくらい他人の助けを必要としないような人なのだと……。

ゾエがヴィルジールの屋敷で働き始めたのは、ヴィルジールの仕事の効率が下がることを苦慮《くりょ》したバランド卿が、せめて一人でも使用人を屋敷に置くよう、無理やりゾエを連れてきたからだとヴィルジールが言っていたっけ。ヴィルジールの人嫌いは私が想像する以上にひどいものだったらしい。仕事も身の回りのことも、なんでも自分でしていたと。

つまりヴィルジールのその性質が原因で、今回の同行にはレティシアとルネが暮らす屋敷の使用人ではなく、ゾエが選ばれたということか。

ヴィルジールの気持ちが少しだけわかる。私もミレイユ先生とずっと二人だったから、他人にお世話をされるのはまだ慣れない。でもゾエだったら少しは気心の知れた仲だ。見知らぬ土地で全く面識のない他人に世話されるよりも、ゾエの方がずっといい。

もっとも、屋敷を留守にして大丈夫《だいじょうぶ》なのだろうかという不安は残るが……あの屋敷は研究院の敷地《しきち》内にある。滅多なことにはならないだろう。

「何かございましたらお申し付けください。レティシア様、ルネ様も」

「いいのかい？　仕事が終わったらゾエが淹《い》れたお茶を飲みたいな」

「ちょっとは遠慮しなよレティシア」

レティシアとルネの明るいやり取りに、ゾエは少し安堵《あんど》したように笑《え》みを漏《も》らした。今回のようなことはきっと異例なのだ。彼女もこんな風に現場に駆《か》り出されるのは初めてなのだろう。

「まったく、バランド卿ときたら、余計な気を回しやがって……」

ヴィルジールが口悪く呟《つぶや》いた。ヴィルジールの言い分はごもっともだ。なんだかヴィルジールの人間らしい一面を見た気がして、和《なご》む気持ちを抑《おさ》えながら私は彼を諫《いさ》めた。

「でも、せっかく来てくれたのですから」

「……まあ、そうか」

きっとバランド卿に無理を言われたのだろう。彼は仕事に熱心に取り組んでいるが故《ゆえ》に、他人にもそれを強《し》いる場面があると聞かされたことを思い出す。ゾエのような使用人の立場ならなおさら、断ることが難しいのは容易に想像がつく。

ヴィルジールはゾエに向かって姿勢を正すと、軽く頭を下げた。私も彼に倣《なら》い、ぺこりと頭《こうべ》を垂れる。

「ゾエ、すまないがよろしく頼《たの》む」

「よろしくお願いします」

「かしこまりました。皆様、どうぞお気をつけて。行ってらっしゃいませ」

ゾエに恭《うやうや》しく見送られ、私達はグルナーの町の中央へと繰《く》り出すこととなった。

漆黒《しっこく》のローブは、それだけで彼らが大魔法使いであると見てわかるものだから、それはもう目立つ。

研究員の先導で町中を移動する間、人々からの視線が突《つ》き刺《さ》さるのを肌《はだ》で感じる。大魔法使いの二人には敬意を、そして魔封士《まふうし》には恐《おそ》れを抱《いだ》いているのがありありと伝わってくるのだ。

気にしてもしょうがない。自分に言い聞かせながらヴィルジールの後ろをついて歩く。

町の中央に案内された大魔法使いの二人は、お互《たが》いの魔度計《まどけい》を見せ合った。

「誤差はないね。やはりマナはかなり少ないな。君達と来るように言われたのも納得だ」

「ああ。すぐに取り掛《か》かろう」

二人はそれぞれ杖《つえ》を取り出し、私達に視線を向けた。

「ルネ、シャルロット。お前達は休んでいるといい。長旅で疲《つか》れたろう」

「え、でも……」

ヴィルジールの言葉に戸惑《とまど》う。疲れているのは何もしていない私ではなく、彼の方ではないのか。

「なぁに、構うことはないさ！　なんだったらこの辺の美味《うま》い食事処《どころ》でも探しておいてくれ」

レティシアがこちらに向けてウィンクするので、ルネは呆《あき》れたように肩《かた》をすくめた。

「シャルロット、行こう」

ルネに手を引かれ、大魔法使い達から離《はな》れる。

私達は彼らが見える位置、広場のベンチに腰掛《こしか》けて、その様子を眺《なが》めていた。

リラズの町の中央は、実際には農地が広がる分、町の中心部ではなかった。しかしこのグルナーの町の中心部は地図上でも丁度中央になっていて、大きな広場になっている。きっと大きな催《もよお》しがある時は賑《にぎ》わうのだろう。そうでなくても町の人々の憩《いこ》いの場として使われているはずだが、今はほとんど人がいない。リラズの町と同じで、マナが不足し皆《みな》病に臥《ふ》せっているのだろう。もしくはこの状況《じょうきょう》だ、得体の知れぬ異変を恐れて、あまり外に出ないようにしているのかもしれない。

ヴィルジールとレティシアは親しげに何かを話し合ったあと、すぐに真剣《しんけん》な表情になって、背中合わせに杖を掲《かか》げた。

「大丈夫かな、あの二人」

「と言うと？」

「レティシアのつがいになって、研究院に来て、もう何年も経《た》つけど、こんな風に毎日別の現場で仕事するのって今までなかったから」

ルネは落ち着きなく足をぶらぶらさせた。

「ルネ君って、何歳でしたっけ」

「十二。シャルロットは？」

「十六です。十歳の時に魔封士の力が発覚しました」

「へー。僕は四つの時だった。僕のが先輩《せんぱい》だね」

「そうですね」

年相応ににやりと笑うルネに、私も思わず笑った。

同時に、彼にも自分と同じようなことがあったのでは、と考えて少し暗い気持ちになる。

魔封士として生きていくことになってから、私の人生は大きく変わってしまった。

「レティシア様とはすぐつがいに？」

「うん。僕とは逆で、レティシアは大魔法使いの力に目覚めたのが遅《おそ》かったんだって。大魔法使いや魔封士は力が強すぎる。だから――」

「国によって管理される……ですよね」

ルネはこくりと頷《うなず》いた。

「ほら、レティシアって一応貴族の出でしょ。でも国にとっては大魔法使いと魔封士ってずっと貴重で、危険なものだ。つがいが見つかんなきゃ、力が暴走する前に処分される」

私は頷きながら、胸の辺りを摑《つか》んだ。服に皺《しわ》が寄る。こんなことをしても息苦しさは治まらないのだが、そうせずにはいられない。

「だからレティシアって、つがいが見つかるまでずっと匿《かくま》われてたんだって。僕が魔封士だってわかってからレティシアにあてがわれるまで、あっという間だった」

そんなに幼い頃《ころ》からこうして魔封士としてレティシアのそばにいるのか。私よりも小さな身体でこの堂々とした振《ふ》る舞《ま》いは、ルネの長年の努力の賜物《たまもの》だと実感する。

「ルネ君は、レティシア様とすぐに打ち解けられましたか」

「なんでそんなこと聞くの？」

「昨日、レティシア様とお話しした時に、すぐには打ち解けられなかったと聞きました。ルネ君本人はどうだったのかと思って」

率直《そっちょく》な疑問だった。私は満月のような杖を掲げるヴィルジールを見つめながら、右手の太陽と月の紋章《もんしょう》をヴィルジールに向けて翳《かざ》した。

「いい紋章だね」

ルネがぽつりと言う。紋章にいいも悪いもないと思うが、いいと言われるとなんだって嬉《うれ》しいものだ。

「ありがとうございます。ルネ君の紋章は……」

「ああ、僕の紋章はこの辺にあるよ。片翼《かたよく》の模様なんだ」

そう言ってルネは自分の右肩《みぎかた》を指さした。

「レティシアにもね、反対側の肩に片翼の紋章があるんだ。両翼を分け合ってるみたいで、かっこいいでしょ」

その表情は誇《ほこ》らしげで、ルネとレティシアの間にある確かな絆《きずな》が窺《うかが》えた。ルネを見ていて思う。私はこんなにも自信のある振る舞いはできたことがない。きっとレティシアもルネを頼《たよ》りにしていることだろう。彼らを見ていると、自分がまるで小さな子どものように思える。ミレイユ先生のもとにいた時から、ずっとそうだった。

「……私はミレイユ先生のもとで暮らしている間、甘えてばかりでした」

「ふーん、まあ年も離れてただろうし、先生と生徒みたいな？」

「そうです。ですが、レティシア様とルネ君の関係を見て、いいなと思ったんです。私もヴィルジールさんと対等になれるよう努力したいと」

「ヴィルジールと軽口叩《たた》きあうような関係になりたいって？　あの人とは無理だよ、口下《くちべ》手《た》すぎるもん」

つがいが散々な言われようだ。しかし全く否定することができず、私はただ苦笑《くしょう》を漏らすことしかできなかった。

「そういうわけではなく……レティシア様とルネ君のように、自然に隣《となり》に並び立てるような……うまく言えませんが」

「なるほどね。でも僕ら、そんなに仲良く見えるかな」

あれで仲良くないと思う人の方が少ないのではないだろうか。

ルネは本気で疑問に思っているのか、それともただの照れ隠しなのか。彼の真意がわからず、彼にとって答えたくない質問をしてしまったかと焦《あせ》ってしまう。

ルネは自身の膝《ひざ》に肘《ひじ》をついて、行儀悪《ぎょうぎわる》く遠くの大魔法使い達を見つめた。

「すぐに打ち解けられたかって言うと、答えは全然、全くだね。あの頃の僕らと比べると、今のシャルロットとヴィルジールの方がよっぽど仲良さそうに見える」

「そ、そんなに？」

自分達は端《はた》から見てもつがい同士と思えないほど、相当ぎくしゃくしているだろう。それを仲良さそうとは。レティシアとルネの間にそんな壁《かべ》があったなんて、想像がつかない。

「僕は平民、レティシアは貴族。年も離れてた。お互いどう接していいかわからなくて、長いこと『ただ近くにいる人』になってたよ」

「意外です……今みたいになったきっかけって？」

「今ほど仲良くなったのはヴィルジールとアニーが来てからかな」

何の気無しに出てきた名前に、心臓がどきりと跳《は》ねた。

――アニー。ヴィルジールのつがいの魔封士だった人。

どんな人だったのか、心のどこかでずっと引っかかっていた。けれど、聞くのは躊躇《ためら》われた。

ミレイユ先生と同じく最近亡《な》くなったばかりであるらしいし、それになにより、私はアニーという魔封士と比べられるのが怖《こわ》いのだ。

私とヴィルジールは、大魔法使いと魔封士という能力があるから共にいる。共にいなければならない。私はヴィルジールに失望されたくないのだ。私が生きていくためには、どうしたってヴィルジールのそばにいなければならないのだから。

「つまり、レティシア様と仲良くなれたのは、ヴィルジールさんとアニーさんのおかげということ？」

声が震《ふる》えないよう、努めて冷静に尋《たず》ねる。ルネはうーんと口を尖《とが》らせた。

「まあ、おかげと言ったらそうだけど、ほとんどはレティシアの性格かな」

性格？　一体どういうことだろう。私から見たレティシアは、明るくて、知的で、気さくで、非の打ち所のない人間に見える。

私の疑問が顔に出ていたのか、ルネは遠くで翼《つばさ》の杖《つえ》を掲げているレティシアに向かって右手を伸《の》ばした。

「レティシア、あれでいてすっごく負けず嫌《ぎら》いでさ。今も内心、ヴィルジールに負けたくないって思ってるんじゃないかな」

「ええ？　レティシア様が？」

「うん。ほら、レティシアって次女でしょ」

そういえば自己紹介《しょうかい》の時にそんなことを言っていたっけ。レティシア・ド・ラ・フォンティーヌ、伯爵《はくしゃく》家の次女だと。

「上にお姉さんがいて、昔はすっごい比べられて育ったんだって。でも大魔法使《だいまほうつか》いになって、家のそういうしがらみから少しは離れられたと思ったら、今度は年下の大魔法使いがやってきた……それで一時期、結構荒《あ》れててさ」

意外だけれど、レティシアの気持ちが少しだけ理解できる。自分の力を認めてもらえず、同じ立場の人間と比べられる。

レティシア様は、なんて——。

「そんなレティシアを見て、僕さ——レティシアも人間だったんだなって思って」

自分と全く同じことを思っていたルネに目を丸くする。

どれだけ完璧《かんぺき》に見えても、それは私がそう見ていただけ。誰《だれ》だって裏側に思ってもみない感情を持っている。それは私もそうだし、きっとルネも、ヴィルジールもそう。

「結局さ、どんなにすごい力を持ってても、普通《ふつう》の人間なんだよね。楽しかったら笑うし、悲しかったら泣くし、何をどうしたらいいのかわからない時だってあるし。それに気付いてから、レティシアに積極的に関《かか》わるようになって、随分《ずいぶん》打ち解けたかな」

そう言うルネの横顔は、どこか自信に満ちていた。

私達は大魔法使いのつがいの魔封士《まふうし》だ。けれどそこにあるのは、力と力の結びつきや、契約《けいやく》だけではなく、もっと大切な何かが……心の結びつきや、絆があるのかもしれない。

「ねえシャルロット、僕ちょっと行ってくる」

雑談の最中、ルネが突然《とつぜん》立ち上がった。

止める間もなくレティシアの方へ駆《か》けて行くものだから、慌《あわ》てて追いかける。

レティシアは遠目からだとわからなかったが、杖を支えに立ち、顔色も少し悪いようだった。きっと無理を押して力を使ったのだろう。

「なんだルネ、心配性《しんぱいしょう》だな」

聞き慣れた軽口には勢いがない。ルネはむっとしながらレティシアを支えた。

「ほら手ェ貸して」

「う……ルネ、まだ終わってないんだよ」

「いいから」

強められた語気に、ルネのわずかな怒《いか》りを感じる。レティシアは負けず嫌い――それを知っているからこそ、本当に無理をしてしまう前に止めたのだろう。

私はヴィルジールの何を知っているだろう。まだ出会って間もないが、私は彼のつがいだ。

「すみません、私──」

「いいよ、こっちは大丈夫《だいじょうぶ》」

ルネとレティシアにお辞儀《じぎ》をして、私は慌ててヴィルジールのもとへ向かった。

春の盛《さか》りのような暖かい風がヴィルジールの杖の周りでゆっくりと渦巻《うずま》いている。きっとヴィルジールのマナだ。

彼は目を伏《ふ》せ、額に少しの汗《あせ》を浮《う》かべて、杖を掲《かか》げ続けていた。私は意を決して口を開いた。

「──ヴィルジールさん」

ヴィルジールははっと目を見開くと、ゆっくりと首を回して私の姿を見つけた。

「どうした、シャルロット」

「その……少し休んだ方がいいかと思って」

恐《おそ》る恐る手を差し出す。ヴィルジールはその意を酌《く》み取ったのか、そっと手を握《にぎ》ってくれた。そうすることで感じるヴィルジールのマナは、ひどく不安定で、心がかき乱されるみたいだった。どうしたらこのゆらぎを抑《おさ》えることができるだろう。彼の手を強く握り、彼の負担を少しでも軽くすることができるよう力を込める。

正面から見る彼の顔色はレティシア同様かなり悪い。私は手を引いて近くのベンチに座らせようとするが、ヴィルジールはその場から動かなかった。

「待ってくれ。もう少しで終わるから」

そう言ってヴィルジールは魔度計《まどけい》を取り出す。懐中時計《かいちゅう》のような蓋《ふた》を開けると、針が正常値の少し下を示しているのがわかった。確かにもう少しで終わるというのは嘘《うそ》ではないらしい。しかしそれ以上に、私はヴィルジールの身が心配だった。

「十分……いえ、五分だけ。レティシア様もほら、休んでますから」

「だったら、なおさら」

「お願いします、ヴィルジールさん」

大魔法使いのつがいの魔封士としてではなく、人として彼のことを放《ほう》ってはおけなかった。このままでは本当に倒《たお》れてしまう。

ヴィルジールの金色の瞳《ひとみ》が私を見下ろす。心臓が早鐘《はやがね》を打つのを感じたが、私は一歩も引かなかった。

「……わかった」

ゆっくりと杖が下ろされたことに、私は胸を撫《な》で下ろした。

だが、それも束《つか》の間のことだった。

ヴィルジールは魔度計をじっと見つめると、すぐに顔を上げる。

「……やはり、妙《みょう》だ」

「え？」

「少し町を見て回りたい。シャルロット、来てくれるか」

「それは、もちろん」

しかし、はたと思い直す。

こんなに力を使っているのに、休まず働くなんて。ヴィルジールは平気そうな顔を装《よそお》っているが、実際のところは……。

思考が働く前に、ヴィルジールはすぐにどこかへ向かって歩き出してしまった。

「あ、待って——ルネ君！　私、ヴィルジールさんと町を回ってきますので……！」

私の声に気付いたルネが顔を上げてこちらを見るのがほんの一瞬《いっしゅん》だけ見えた。だが彼の返事を待つ間もなくヴィルジールの背中がどんどん遠くなっていくので、慌てて追いかけた。

ヴィルジールは魔度計を片手に、静かな町並みをずんずん通り抜《ぬ》けていく。グルナーの町は先のリラズの町より栄えているため建物も多いが、その分人気《ひとけ》の無さが際立《きわだ》つ。だからだろう、時折すれ違《ちが》う人はヴィルジールの黒いローブに驚《おどろ》いて、何事かと振《ふ》り返る。

——ヴィルジールが何を考えているのか、全然わからない。

でも、思い返してみれば、ミレイユ先生もルネもレティシアも、皆《みな》自分から私に声を掛《か》けてくれる人ばかりだった。不意にルネの言葉を思い出す。初めはレティシアと打ち解けられなかったけど、彼女も同じ人間だったのだと気付いたと——。

「──待ってください、ヴィルジールさん！」

私の声にヴィルジールがぴくりと肩《かた》を震わせて立ち止まった。

大丈夫。まだ少し怖《こわ》いけど、この人も同じ人間なのだから……。焦《あせ》る気持ちを抑《おさ》えるように、一度大きく息を吸い込む。

「私、一緒《いっしょ》に行きます。でも、そんなに急がないでください。あなたは力を使ったばかりで、本来なら休むべきなのに」

「……俺には、大魔《だいま》法使《ほうつか》いとしての、責任がある」

ヴィルジールはそれだけ言うと前に向き直り再び歩き出した。

強すぎる力には責任が伴《ともな》う──レティシアが大魔法使いの力についてそんな風に言っていた。だからだろうか、彼がこうも急《せ》いているのは。だがその歩調は先程《さきほど》よりも緩《ゆる》やかだ。

初めて出会った時も同じだった。私が死のうとして、この人が現れて、一緒に先生のお屋敷《やしき》に戻《もど》る時もこうしてゆっくり歩いてくれた。わかりにくすぎるこの人の優《やさ》しさに、少しずつわだかまりが解けていくのを感じる。

「ヴィルジールさん、先程から、ずっと魔度計を見ていますが……何か気になることがあるのですか？」

彼は肩越《かたご》しにこちらを振り返り、そっと手招きした。その仕草に思わずどきりとする。

一体何事かと思いながらそうっと近づくと、ヴィルジールは魔度計を見せてくれた。懐中時計によく似たそれ。針は時間ではなく、マナの濃度《のうど》を指し示している。

「ここに来た時、針はこの辺りを指していた。それから、針が中央を示すまで、俺達はマナを放出し続けた」

「はい……そのために、私達はここまで来たのですものね」

最初にこの町に来た時、魔度計は周辺のマナの少なさを示していた。そこで均衡《きんこう》が取れた状態を取り戻すために、ヴィルジールとレティシアは大魔法使いの力を使いマナを放出した。それが今回大魔法使いに与《あた》えられた仕事である。

「リラズの町でも感じたが……マナを中央値に戻すまでに、これまでの仕事よりも随分《ずいぶん》時間がかかったと感じる」

「そうなんですか……？」

ヴィルジールはこくりと頷《うなず》いた。これは大魔法使いにしかわからない感覚だ。何かがおかしいことに、ヴィルジールも、他《ほか》の皆も気付いているのだろう。その得体の知れなさが何なのか、私には見当もつかない。

ただ、マナの均衡を保つのに苦労したということは、それだけヴィルジールもレティシアも疲労《ひろう》が激しいということだ。魔封士《まふうし》としても、知識面でも、私は彼の役に立てない。そのことに強く不甲斐《ふがい》なさを感じた。

「……ほら、あれ、魔封士だそうよ……」

「……まあ……」

私達がじっと魔度計を覗《のぞ》き込んでいると、不意にひそひそと声が聞こえた。一体どこから——ヴィルジールも顔を上げる。

辺りに人は見当たらない。なのに気配だけがそこかしこから感じられる。どうやらこの声は、立ち並ぶ建物の中から聞こえてくるようだった。

マナの濃度が低下し、病が蔓延《まんえん》してしまったことで、人々は家の中にこもっている。民家や、店の中から、突《つ》き刺《さ》さるような視線を感じる。

「せっかく大魔法使い様がこの町を救ってくださるとお聞きしたのに……あんなのがいたら……」

「どうして大魔法使い様だけじゃなく、魔封士がこの町に……？」

「恐ろしい……あれがいたら、まだ倒れていない者まで倒れるんじゃ」

「領主様は何を考えてあんな……」

人々が好き勝手言う声が、やけに近くに響《ひび》く。原因はすぐにわかった。

皆、わざと私に聞こえるように喋《しゃべ》っているのだ。私をこの町から追い出すために。

——慣れている。自分にそう言い聞かせた。

これまでだって同じことはあった。だから私はずっと先生のお屋敷から出られなかったんだもの。魔封士の力の特性を理解する者は少ない。それに実際、この町のマナは少なくなっていて、病に倒れる者もいて、皆不安だろう。そこに私のような者が来たら、恐れるのも当たり前。

だから仕方ないのだ。そう自分に言い聞かせつつも——やはり、顔を上げられない。うまく呼吸ができない。私は誰《だれ》かの命を知らず知らずのうちに奪《うば》っているのではと恐怖《きょうふ》を覚える。

そう、故郷の村で、魔封士の力が発覚した、あの日だって——。

「シャルロット」

その時、ヴィルジールの低くて、気遣《きづか》わしげな優しい声が、私を現実に引き戻した。

ああ、彼にも迷惑《めいわく》をかけてしまった。そう思った時——突然《とつぜん》、視界が真っ暗になった。

「え、え」

「行くぞ。そばを離《はな》れるな」

そう言ってヴィルジールは私の腰《こし》に手を回すと、そのまま歩き出してしまった。慌《あわ》てて一歩前に足を踏《ふ》み出す。

私の視界を暗くしているのは、ヴィルジールの漆黒《しっこく》のローブだった。大魔法使いのためのローブが、私を頭からすっぽり覆《おお》っている。確かにこうすれば、正面から私達を見ない限り、建物や道端《みちばた》からは私が見えなくなる。人々の声はまだするはずなのに、衣擦《きぬず》れの音ばかりが響いてくる。

そうだ、研究院についてすぐの時。あの時も、研究院の人達に注目されて立ち尽《つ》くす私に、こうしてローブを被《かぶ》せて、手を引いてくれた。

ローブの中から見る景色は少しだけ狭《せま》い。だがそれは、ヴィルジールの言外の優しさのような気がしてならなかった。息が詰《つ》まるのは、きっと人々の魔封士に対する目や声のせいだけじゃない。温かい気持ちになるのに、どうしてか苦しい。

「……ありがとうございます、ヴィルジールさん……」

言葉が浮《う》かんでは消え、言えたのはそれだけだった。

ヴィルジールは何も言わずに、ただ頷くだけだった。それと同時に、彼の足取りはまた少しゆっくりになる。私は彼の歩幅《ほはば》に合わせて、彼のローブに包まれながら歩き続けた。

町の見回りを終えた頃《ころ》、ぽつ、ぽつ、とローブに何かが当たる音が響いた。

「……雨だ」

ヴィルジールは空を見上げると、そう呟《つぶや》いた。

皆の所へ戻ろう、と踵《きびす》を返すが、雨脚《あまあし》は速く、強くなっていく。

ヴィルジールは逡巡《しゅんじゅん》した後、木陰《こかげ》に足を向けた。町の外れにぽつりぽつりと生えていた木は、しっかりとした枝葉で雨を受け止めてくれている。それでも春の初めだけあって冷たい雨風が吹《ふ》き抜けて、少しだけ寒く感じる。

「通り雨だろう。しばらくすれば落ち着くはずだ」

そう言って雨雲に目を向けるヴィルジールの顔をふと見上げた。平静を装《よそお》っているが、先程までの疲《つか》れがわずかに表情に滲《にじ》んでいる。それを見た瞬間《しゅんかん》、胸が苦しくなった。

人々のためにと自身の力を使うヴィルジール。彼はきっと、大魔法使いが持つ強い力に責任を持っているからこそ、無理を押して役に立とうとするのだろう。

私は彼のつがいとして、何ができるだろうか。せめて、少しでもいい、彼が与えてくれたものを返してあげたい。辺りをきょろきょろと見回すと、営業中の札がかけられた店の扉《とびら》が目に入った。軒先《のきさき》のイーゼルには今日のおすすめメニューと称《しょう》して、料理の名前が並んでいる。

「ヴィルジールさん。あそこに食事ができるお店があります。私はここで待っていますから、中で休んで――」

そう言いながらローブから出ようとしたが、途中《とちゅう》で制されてしまった。

「いい」

「でも……冷えてしまいますよ……」

「じゃあ、一緒《いっしょ》に来るか」

まさかそんなことを言われるとは思わず、私は鳩《はと》が豆鉄砲《まめでっぽう》を食ったような顔をしたまま固まってしまった。それが答えと受け取ったヴィルジールは、「なら、ここでいい」と言って腕組《うでぐ》みをし、木の幹にもたれる。

私はローブの中から出られないまま、彼の横にじっと突っ立って、ただ雨音を聞くことしかできなかった。

――……そういえば、こんな風に何もしないで、ヴィルジールさんと二人きりでいることって、初めてなのかな……。

これまで、ヴィルジールと二人きりになった時と言ったら、移動の時ばかりだった。

私が死に場所として選んだ樹《き》の下から先生のお屋敷まで。研究院や、村や町までの道のり。いつも私達には目的地があったが、今はただ立ち止まって、じっとしている。

気まずさで、身体《からだ》が強張《こわば》る。この状況《じょうきょう》は、いつまで続くのだろう。永遠にこの木の下から出られなくなったらどうしよう。そんな馬鹿《ばか》みたいなことを考えてしまう。

「……もっと楽にしたらどうだ？」

「え？」

私の考えを見透《みす》かしてか、それとも偶然《ぐうぜん》か、ヴィルジールが私を見下ろしてそう言った。

確かに私は、木の幹にもたれることもなく、ただじっと立っているだけだった。ヴィルジールと並び立つ恐《おそ》れ多さと同時に、この状況そのものが初対面の時を思わせる。

あの時私は、大樹の幹に触《ふ》れた時、付き始めたばかりのつぼみを落としてしまった。ミレイユ先生を喪《うしな》った時の感情も相まって、魔封士としての力を暴走させてしまっていたのだろう。

今の私はヴィルジールのつがいだ。とは言え……私は自分自身を信用できないでいる。

私をじっと見つめてくるヴィルジールの金色の瞳《ひとみ》に、情けない作り笑いをする自分が見える。そんな綺麗《きれい》な瞳に自分が映し出されていることが申し訳なくなる。

「シャルロット。手を出せ」

「……え？　どうして……」

「いいから、出せ」

強い口調で言われれば、いいえとはとても言えない。

私は恐る恐る右手を差し出した。ヴィルジールは何をするのかと思えば、おもむろに手《て》袋《ぶくろ》を外して、私の手に自分の手をそっと重ねた。太陽と月の紋章《もんしょう》が重なる。

「……あの……」

力のゆらぎはあまり感じられない。じゃあ、この行為《こうい》の意味は。

戸惑《とまど》い、何か言わなきゃと思うが、言葉は形にならず空気となって口から吐《は》き出されるだけ。ああ、こんな時、手紙なら。手紙ならたくさん書いてきた。それなら、うまく気持ちを伝えられる気がするのに。なんなら、今すぐにアンに助けを求めたい気分だ。アンはいつも私の質問に答えてくれるけど、こんなことでも答えてくれるのかな……。

雨風で冷えた身体の、手のひらだけがじんわりと温かい。けれどそれ以上に気まずさが勝《まさ》って、手を引っ込めようとするが、ヴィルジールはそれを許さず、むしろ強く手を引いてきた。

思わずよろけて、結果として彼のすぐ横、木の幹に背中を預ける形になった。本当はずっと立っているのが辛《つら》かったので、幾分《いくぶん》楽になった。それに呼応するように、私の中に渦《うず》を巻いて消えてくれない力への恐怖が和《やわ》らいでいく。

「大丈夫《だいじょうぶ》」

ヴィルジールの声はいつも短くて、低くて、どうしてか優《やさ》しい。

最初に出会った時も、彼は私に「大丈夫」と言った。私はその言葉の意味を理解することができず、ミレイユ先生の死を悲しむことしかできなかった。

今はそうじゃないと思える。こうして手を繋《つな》げる人がいて、懐《ふところ》に入れてくれる人がいる。それだけで、息がしやすい。

ありがとう、とまた言いかけて、口を噤《つぐ》む。言葉だけじゃ足りない。つがいとしてはもちろん、一人の人間として、この人になにかできることは――。

考えてもすぐには浮かばなかった。私はほんの少し、彼の手を強く握《にぎ》り返した。それに反応してか、ヴィルジールの指先がぴくりと動く。

「ヴィルジールさん、雨が止《や》んだら、すぐに戻《もど》って休みましょう」

「……そんなに俺は疲れた顔をしているように見えるか」

「そんなにかしこまるな。俺とシャルロットは同じなんだから……」

「えっと……はい」

……同じ？　何が？

強い力を持っていること？　互《たが》いがつがいだからということ？　考えてみても、答えは結局この人の頭の中にしかないのだから、あまり意味はないのだろう。

「……なあ、シャルロット――……」

「はい……あの、ヴィルジールさん……？」

妙《みょう》な間に、痺《しび》れるような緊張《きんちょう》が走る。どれだけ彼の優しさに触れたとしても、臆病《おくびょう》な自分はどうもこの手の間に耐《た》えられない。

「……いつもああか？」

その言葉の意味を測《はか》りかねて、「いつもって？」と疑問を口にする。

「町の人々や、研究員達……誰《だれ》かに何かを言われるのは苦手か」

どうやら彼は、これまでの私の態度を気にしてくれているらしかった。

思い返せば当然だ。彼は私が首筋にナイフを当てているところを見ている。何かあればまたああなるのではと思っているに違《ちが》いない。

私だって、理由なくああなるわけではない。ただどうしても、苦手で、逃《に》げ出したくてたまらなくなる。

「……私、ああいう風に……自分が魔封士《まふうし》であると周りから指をさされると、どうしても……故郷の村を、思い出すんです」

空を見上げても、足元を見ても、視界は暗い。ヴィルジールは黙《だま》って、しかし私の手を離《はな》さないでいてくれる。

「私はロザンジュ王国の外れの小さな村に暮らしていましたが……私が魔封士の力を持っていると知ると、家族も、友達も、近所の人達も、村中の人達、皆《みんな》——」

言葉を続けようとすればするほど、喉《のど》が掠《かす》れて、ひどく震《ふる》える。

するとヴィルジールは私の手を引くので、私は彼の腕にもたれかかるような姿勢になった。

「無理に話さなくてもいい。おおよそ……知っている」

ヴィルジールは苦々しく言った。まるで何もかも知っていると言わんばかりだ。

私はヴィルジールにとって二人目の魔封士だ。以前彼のつがいだったアニーも、もしかしたら私と同じだったのかもしれない。

アニーはどんな人だったのだろう。私のようにいつまでも過去のことを引きずらず、乗り越《こ》えることができるような人だったのだろうか。

そのまま口をついて質問が飛び出しそうになるが、ぐっとこらえた。それに、ヴィルジールと亡《な》くなったばかりの見知らぬ人について聞くのは躊躇《ためら》われた。

アニーは大層仲が良かったらしい。私が彼女の名前を出すことで、私とアニーが比べられてしまうことがひどく恐ろしかった。

きっとアニーはヴィルジールのつがいとしてだけではなく、彼の心そのものを癒《い》やしていたのだろう。対して私は、何もかもに怯《おび》えて、何の役にも立てないでいる……。

結局のところ私は自分が一番可愛《かわい》いのだ。そう思うと全部が嫌《いや》になる。

ため息をつきそうになった時、ヴィルジールがじっと私の顔を見ていることに気が付いた。

「……この仕事が終わったら、何かしたいことはあるか？」

突然《とつぜん》の質問に、私は驚《おどろ》いてヴィルジールの顔を見つめた。彼は少し雨脚《あまあし》の弱まった空を見上げているばかりで、その真意は測れない。

だが、暗く重たい話題を変えようとしてくれているのだろう。やっぱり、この人はわかりにくいけど、ずっと優しい。

「……したいこと……」

「休むのでも、出かけるのでも、なんでも」

そう言われて、考える。休んだり、出かけたり……そうしている自分がうまく想像できない。ヴィルジールのつがいになってから、目まぐるしく変わる状況についていくのが精《せい》一杯《いっぱい》で、落ち着いて休んだり趣味《しゅみ》に没頭《ぼっとう》したりする自分を思い浮《う》かべるのは難しい。

思えば十歳の時に魔封士の力が発覚し、ミレイユ先生のつがいとなってから、私はいつも彼女のそばにいた。考えてみれば私にとっての楽しみとは、私の力を受け入れてくれたミレイユ先生のために働くことだった。掃除《そうじ》や洗濯《せんたく》、先生の身の回りの世話や、仕事の手伝いで花や薬草を育てたり……。あとは、時折していたアンとの手紙のやり取りだ。

私は十六年生きてきて、楽しい話題の一つもヴィルジールに提供することができないのかと愕然《がくぜん》とする。

「そういえば、レティシアとルネが、お前の歓迎会《かんげいかい》をしようと息巻いていたな」

そう言ってヴィルジールはふと笑った。

確かにレティシアとルネは初対面でそんなことを言っていた。あの二人は明るくて、一《いっ》緒《しょ》にいると楽しい気持ちになる。それを思うと、歓迎会とやらもきっと楽しいのだろう。

「歓迎会……って、具体的には何をするんでしょうか」

あまりにも世間知らずな質問だが、知らないものは知らないのだからしょうがない。

ヴィルジールは嘲《あざけ》ることなく、穏《おだ》やかに笑った。

「さあな。だがあいつらのことだ。きっとひどく騒《さわ》がしいに違いない」

くつくつと喉を鳴らすような笑い声が木の下に響《ひび》く。この人は、楽しいことがあったり、思い浮かべたりすると、こんな風に笑うのか。曇天《どんてん》の木陰《こかげ》だというのに、その笑顔《えがお》は優しくて、眩《まぶ》しく見える。それに、先程《さきほど》までの疲《つか》れた表情も鳴りを潜《ひそ》めた。

ヴィルジールが笑っていると、私の心もどこか軽くなって、二人きりの気まずさなどなかったもののように思える。いつも笑ってくれたらいいのに。気のおけない人……レティシアやルネ、それにゾエがいれば、もっと笑ってくれるだろうか。

「……この仕事が終わったら……皆でお茶会とかしたいですね。皆にお疲れ様って言いたいな……」

皆の中には、もちろんヴィルジールも含《ふく》まれている。そのつもりで言ったのだが、彼はわかっているのかいないのか、「そうだな」と同意するばかりだった。

こんな風に、ミレイユ先生とアン以外の誰かと一緒にいる自分を想像することなんて、これまでできなかった。自分にこんな一面があるなんて思いもしなかった。ヴィルジールとつがいにならなければ得られなかったものが、あまりにも多すぎて。胸が温かくなると同時に、少しだけ……ほんの少しだけ、こんなに得るものが多くてよいのだろうかと、怖《こわ》くなった。

空を見上げると、雲の切れ目から晴れ間が覗《のぞ》いている。木の枝葉を叩《たた》く雨音も弱まってきた。

「……もうすぐ雨が止みますね」

「ああ」

ヴィルジールも空を見上げて、穏やかに微笑《ほほえ》んだ。私は空を見上げるふりをして、彼の横顔をじっと眺《なが》めた。

私はこの先ずっと、ヴィルジールのつがいの魔封士だ。だったら、皆が笑ってくれると、私も嬉《うれ》しい。

親愛なる私の友人、アンへ

手紙の返事をありがとう。こんなにすぐに返事が来るなんて思わなかった。あなたに会えないのは残念だけど、けどとても嬉しかった。本当にありがとう。

今、私はグルナーの町で研究院の仕事の手伝いをしています。つがいであるヴィルジール様は、私の命を救ってくれて、私のことをとても気遣《きづか》ってくれる人です。そういう意味では、アンに似ているかもしれません。

ミレイユ先生が亡くなって、悲しくて苦しくてどうにかなりそうだったけど、今は色んな人に支えられていることをとても恵《めぐ》まれていることだと思います。

アン、私のことを支えてくれて本当にありがとう。あなたがいたから、頑張《がんば》って生きていこうと思えました。私もあなたのことを大切に想《おも》っています。

どうかこれからも私のことを見守っていてください。

シャルロットより

「ふう……」

もう夜更《よふ》け近く。グルナーの町の宿の一室で、手紙を書き終えて一息つく。今日もまた怒涛《どとう》の一日だった。けれど自分にしてはよくやったと思う。眠《ねむ》れない夜中だから、気持ちが大きくなっているのかもしれない。

手紙を書き終えたばかりで妙《みょう》に頭が冴《さ》えている。少し夜風に当たりたくて、私は他《ほか》の部屋で寝《ね》ている人達を起こさないよう、そっと扉《とびら》を開けた。

わずかな光を頼《たよ》りに出入り口へ向かう。すると階段を下りた先のすぐ近くの扉から話し声が聞こえてきて、思わず立ち止まった。

「――……明日には出て行くって研究院の人が言ってたわ」

「そう。よかった。ほっとしたわ」

「魔封士《まふうし》なんて、袋叩《ふくろだた》きにされないだけマシなのにね」

くすくすという笑い声に、心臓を鷲掴《わしづか》みされたような気分になった。

この声、宿の女将《おかみ》さんだ。もう一人は従業員の女性だろうか。

思わずえずきそうになるのを、両手で口を塞《ふさ》いでこらえる。

「いくら大魔法使い様がそばについてるって言っても、ねえ」

「そもそもあの魔封士達がいなければこの町ももっと早く元《もど》に戻ったんじゃないの？」

「早く出て行ってほしいわよね。寝てる間にマナが全部取られたなんてことになったらと思うと」

そんなこと、私もルネもしない。するわけがない。する意味もない。

それでも、これが町の人々の本当の気持ちなのだ。それを否定することもまた、できない。

扉を一枚隔《へだ》てて私がここにいることを知ったら、彼女達は一体どんな反応をするだろうか。そう思うと、戻ることも進むこともできず、ただその場に立ち尽《つ》くすことしかできなかった。

すると突然、背中にひたりと何かがあたって、今度は口から心臓が飛び出しそうになった。

振《ふ》り返ると、そこにいたのはゾエだった。彼女は口に人差し指を当てると、私の肩《かた》を抱《だ》いて歩き出した。ゾエの歩幅《ほはば》に合わせて、よろめきながらなんとか足を前へ出す。そうして私は宿の外に出たのだった。まるで監獄《かんごく》から抜《ぬ》け出したような気分だ。

口に当てていた手を離《はな》すと、私はようやくまともに息ができるようになった。

胸いっぱいに夜の風を吸い込んで、道の縁石《えんせき》に座り込む。

「ありがとう、ゾエ」

「お役に立てて光栄です」

「……もしかして、起こしてしまいましたか？」

「いえ、私も眠れなくて」

それきり会話は途切《とぎ》れた。何をするでもなく空を見上げる。少し雲がかかっているが、よく星が見える。

春の入り口だからだろう、思ったよりも寒くて身震《みぶる》いすると、ゾエが私の横に座り、掛けていたストールの中に私を入れてくれた。

「魔封士の方はいつもああ言われるのですか」

ゾエが夜の静寂《せいじゃく》を壊《こわ》さないよう、ひっそりと呟《つぶや》くように言った。

「……はい。でも私はずっとミレイユ先生の所にいたから……」

「私も以前は研究院ではなく、パン屋で働いていたのですよ」

思わずえっ、と声を漏《も》らす。ゾエはくすりと笑った。

「中々評判でしたよ。看板娘《むすめ》のようなものもやらせてもらえて」

近くでゾエの横顔を見る。私と同じ茶色い髪《かみ》。しかし私のはまるで枯《か》れ木のようにくすんでいて、ゾエは若木のように鮮《あざ》やかな色をしている。そんな若木に青々と茂《しげ》るような緑色の瞳《ひとみ》に、影《かげ》を作る長い睫毛《まつげ》。きっとゾエのいたパン屋は、ゾエを目当てに来る人も多かったのだろう。

「どうして今は使用人をしているんですか？」

「――シャルロット様。私に対してはそうかしこまらずにと申し上げたはずです」

そうは言われても、まだ慣れないものは慣れないのだ。

ゾエの有無《うむ》を言わせぬ様子に、私はもごもごと口を動かした。

「ええと、どうして今は使用人をしているの？」

「有り体《てい》に言えば、研究院で働かないかと誘《さそ》われたんです」

「研究院の人がそう言ったの？」

「ええ。バランド卿《きょう》がです」

「バランド卿が？　本当に？」

存外大声になってしまい、慌《あわ》てて口元に手をやる。

確かに、一人で屋敷に暮らすヴィルジールの仕事を効率化するため、せめて一人でも使用人を置くようバランド卿がゾエを連れてきたとは聞いていたが……まさかゾエに直接声をかけていたなんて。

あの厳格そうな風貌《ふうぼう》のバランド卿が、パン屋で、看板娘に声をかける……まるで想像がつかなくて頭が混乱する。しかしゾエがそんな嘘《うそ》をついたってなんの得もないので、きっと事実なのだろう。

「ヴィルジール様の屋敷《やしき》で働き始めの頃《ころ》は大変でした。使用人として何の知識もない私が、一人であの屋敷を管理しなければいけなくなったので」

「それは……確かに、大変だね」

「ええ。ですが私が何か失敗しても、ヴィルジール様は何か言う人ではありませんでしたから、思っていたよりは気楽でした。関心が無かった……というよりは、出会った頃のあの方はアニー様にしか気を許しておりませんでしたので」

思いがけない――しかしこの話をするには必然であるアニーの名が出てきたことに、心臓が早鐘《はやがね》を打つ。

アニー。ヴィルジールのつがいの魔封士だった人。

紋章《もんしょう》の登録をしてくれた人は、アニーを可愛《かわい》い子だったと言っていた。レティシアは、ヴィルジールが溺愛《できあい》していたと。ルネは、ヴィルジールとアニーが来たおかげでレティシアと打ち解けることができたと……。

「あの、アニーさんって、どんな人だった？」

ヴィルジールと雨宿りをした時、聞くのが怖《こわ》くて口を噤《つぐ》んだ。けれどやっぱり知りたい。私がこれから、ヴィルジールの力になるためにも。

ゾエはなんだか幼い子どものようにきょとんとしていた。

「ヴィルジール様からお聞きになっていないのですか？」

「……うん」

「まったくあの方は」

ゾエはなぜか呆《あき》れたようにため息をついた。

「詳《くわ》しい話はヴィルジール様からお聞きになるとよろしいかと」

「それ、レティシア様にも言われた……」

私がそう漏らすと、ゾエはなんだか言いづらそうに、考え考え言葉を紡《つむ》いだ。

「アニー様は、とても人懐《ひとなつ》っこい方でしたね。ヴィルジール様とも大変仲が良く。それに、私もあの方には癒《い》やされておりました。亡《な》くなられた時はそれはもう悲しくて」

ああそうか、ゾエもまたアニーに心を開いていたのか。

可愛くて、人懐こくて、癒やしを振りまいていたアニーという存在。そんな人に成り代われるだなんて思ってはいない。深夜特有の高揚《こうよう》した妙な気分が、みるみるしぼんでいく。

きっとヴィルジールにとっても、レティシアやルネにとっても、アニーはとても大きな存在だったに違《ちが》いない。

「……ヴィルジールさんにとってのアニーさんは、私にとってのミレイユ先生だったのかな……」

考えるより先に口から言葉が出てしまった。

独り言のつもりだったが、ゾエが頷《うなず》いたのを見て、私はなんだかやりきれない気持ちになった。

「誰《だれ》しも、大切な人が亡くなるということは、受け入れ難《がた》いことです。私も母を亡くして以来、心に大きな穴が空いたようです」

ゾエの頰《ほお》に睫毛の影がかかる。私もまた、ゾエのストールを握《にぎ》りしめた。

「そういえばシャルロット様、ご両親はご存命なのですか？」

その質問に、私は身体を強張《こわば》らせた。

思い出したくない記憶《きおく》が脳裏《のうり》をよぎる。けれどこの記憶は、ミレイユ先生がいなくなった今、私にしかない記憶だ。

そんなものを一人で抱《かか》えて生きていくには、少し重たい。

ヴィルジールは、何もかもわかっているようだったけど、でもやっぱり、誰かに自分で話すのとは、感覚が違う。

「……あのね、ゾエ」

「なんでしょう」

「聞いてくれる？　全然楽しい話じゃないんだけど……」

私の問いに、ゾエは微笑《ほほえ》んで「もちろんです」と答えてくれた。

ロザンジュ王国の外れの小さな村。

私は、その村で生まれ育った、ごく普通《ふつう》の子どもだったと思う。

昼間は母の縫製《ほうせい》の仕事を手伝いながら、休みの日は同じ村の子達と駆《か》け回って遊んでいた。

私が十歳になった年の冬のこと。母が体調を崩《くず》して臥《ふ》せってしまった。

寒さのせいで風邪《かぜ》でも引いたのだろうと、母本人も村医者も楽観的だった。しかし、そこから事態は徐々《じょじょ》に深刻になっていった。

隣《となり》の家の家族もまた、病に倒《たお》れた。そう重篤《じゅうとく》なものではなかったが、やがて裏の家、向かいの家、まるで私が住む家から伝播《でんぱ》するように、体調不良を訴《うった》える者が続出した。

極《きわ》めつきは村に住む数少ない魔法使《まほうつか》いが、「魔法が使えなくなった」と村長に進言したことだ。

魔法を使うにはマナが必要。それが使えなくなったということは、本来あるべきマナが存在しないということ。

猟師《りょうし》だった父も知らせを受けて家に戻《もど》ったが、すぐに母と同じく床《とこ》に臥せった。

頼《たよ》れる父も母も倒れ、どうしていいかわからなくなった私は、せめて知っている大人を頼ろうと、友達の両親に助けを求めようとした。

しかし——帰ってきた父がすぐに倒れたことで、皆《みな》が確信したのだろう。

この異変の原因は、私にあると。

何がなんだかわからぬうちに捕《つか》まった私は、村長のもとへ連れて行かれる中で大人達が騒《さわ》ぎ立てているのを黙《だま》って聞いているしかなかった。

「多分そうだ。この子が魔封士《まふうし》だからこんなことになっているんだ」

「魔封士が見つかったらお偉方《えらがた》に知らせなきゃいけないんだよな？」

「そうは言っても、今時分は王都までかなり時間がかかるぞ。俺達もどれだけもつか」

「魔封士がいると伝えても、すぐに使いが来るとは限らん」

「転移魔法を使える魔法使いはまだ無事か？　魔法が使える場所まで行けば少しは時間を節約できるんじゃ」

——魔封士。全《すべ》ての生命の源であるマナを無に帰す、恐《おそ》ろしい存在。

『言うことを聞かない子どもは魔封士に魂《たましい》を抜《ぬ》かれるよ！』なんて言うのは親が子どもを叱《しか》る時の常套句《じょうとうく》。

生命の源を奪《うば》うその存在は、人々から恐れられて当然だった。

魔封士がいる？　どこに？　私はどうして縄《なわ》で縛《しば》られているの？

それらが頭の中で結びついた時、心底恐ろしくて、声も出なかった。

「今はまだ大人しくしているが、これから一体何が起きるか見当も……」

私を見下ろして、村の男がそう言った。

「殺すか？」

視界の外にいる誰かが、まるで「今日の夕飯は？」とでも言うのと同じような口ぶりで皆に問いを投げかけた。

殺す？　誰を。魔封士を。そうしなければ、村の人達皆、私のお母さんとお父さんみたいに動けなくなってしまうから。私だって魔封士にいなくなってほしい。じゃないと、お母さんとお父さんはずっと動けないまま。

でも、じゃあ、私は。

「殺すのはまずいだろう」

「猟師が使っている小屋に連れて行くか？」

「あんな所まで誰が連れて行くんだ。途中《とちゅう》で倒れないとも限らないのに」

大人達は出口の見えない議論を続けた。しかし私達が村長の家に着いた時、誰かがまるで天啓《てんけい》でも受けたかのように声を大にした。

「弱らせれば力も使えないんじゃないか？」

私を無数の目が取り囲んだ。

ついこの前まで、平和そのものだった小さな村。隣近所は皆知り合いで、助け合い、支え合って生きてきた。

私は温かな人々ばかりが暮らすこの村のことが好きだったのだと、今まで見たこともないような悍《おぞ》ましい視線に囲まれながら、そう思った。

やめてと言う暇《ひま》もなく、棒で、縄で叩《たた》かれ、蹴《け》られ。

村長の家の地下に放《ほう》り込まれて、もはや泣き叫《さけ》ぶ気力さえ残されてはいなかった。

それからしばらくして人の気配がなくなった。村長一家がどこかへ避難《ひなん》したのか、それとも私のせいで皆倒れたのか——日のささない地下に閉じ込められた私には何もわからなかった。

一応、死なないようにとバケツ数杯《はい》の水と固くなったパン、それに毛布が投げ込まれたが、どれも気休めにしかならなかった。

冬の寒さに耐《た》え忍《しの》びながら毛布一枚で眠《ねむ》れるはずもなく、バケツの水はすぐに氷が張った。

どうやら自分は魔封士であるらしいという現状を受け入れられないまま、なにもない地下室でただただ無為《むい》に時を過ごした。

それから地下で何日過ごしたかわからない。一日だった気もするし、一か月いた気もする。暗くて寒くて、眠ったら二度と起きられない気がして、時間の感覚も身体の感覚もどんどん失われていった。

今にして思えば、魔封士の力が制御《せいぎょ》できず体力を持っていかれたのも弱った原因かもしれない。大魔法使いと契約《けいやく》していない魔封士は、力を制御することができず、大気中のマナを消費しつくせば、自らを生かすために残った体内のマナをも消滅《しょうめつ》させ、やがて死に至る。

しかしそのことを知らない幼い私は、早く死にたい、今すぐ消え去りたいと、そればかりを願っていた。

――そこから先のことは、よく覚えていない。

何日経《た》ったかも、自分がどうやって生き延びたのかも。ただ、人間とは存外頑丈《がんじょう》なものなのだな、と思ったことは記憶にある。

それから、しばらくぶりに聞いた人の声。

「――よく頑張った。もう大丈夫」

そんな声と共に、温かな何かが私の身体に寄り添《そ》った。

次に目を覚ますと、目に飛び込んできたのは見知らぬ老婦人だった。

彼女は私を見るなり、ふわりと微笑んだ。

「はじめまして。私の名はミレイユ。あなたの名前は？」

「……シャルロット……」

掠《かす》れた声が一瞬《いっしゅん》自分のものとは思えず困惑《こんわく》した。

ミレイユ――後に先生と呼ぶことになる彼女は、私の頭に手を伸《の》ばした。

その手の甲《こう》には花の紋章《もんしょう》があった。見慣れぬそれを目で追うと、彼女は私の頭をゆっくりと撫《な》でながら、「右手を見てごらん」と言った。

のろのろと自分の右手を持ち上げて見てみれば、そこには彼女と同じく、花を模した紋章があった。

「シャルロット。あなたは今日から、私のつがいの魔封士ですよ」

それが私と、ミレイユ先生との出会いだった。


「それきり両親とは会ってないの」

私が話し終えると、ゾエは目を伏《ふ》せて「そうですか」と、それだけ言った。その横顔があんまり悲痛だったものだから、私は慌《あわ》てて付け加えた。

「私がいなくなって、村はすっかり元に戻ったたって。両親が今も元気にしているかはわからないけど……」

「お会いになりたいとは思わないのですか？」

「……一度手紙を送ったけど……」

ミレイユ先生のつがいの魔封士として生きていくことになり、私の傷が癒《い》えた頃《ころ》。両親に宛《あ》てた手紙の返事はただ一言、『もう手紙を送ってこないでほしい』と、それだけだった。

娘《むすめ》が恐ろしい存在に成り果てたとなっては、そう思っても無理はないのかもしれない。当時はとても悲しかったけれど、これからもあの村で生きていかなくてはいけない両親を思うと、責め立てる気にもなれなかった。

ゾエは私が口ごもったことで何かを察したらしい。

「では、ミレイユ様はシャルロット様にとって命の恩人だったのですね」

両親の話題を終わらせるようにそう問いかけられ、私は頷《うなず》いた。

「村の人達も戸惑《とまど》ってたって今ならわかるけど……あれ以来、どうしても知らない人が怖《こわ》くて。ミレイユ先生とアン以外信用できる人がいなかった」

あの頃を思って、ストールを握《にぎ》りしめる。ゾエはそっと私の手を握ってくれた。

「だから、ミレイユ先生が死んじゃって……村で起きたことがもう一度起こるかもしれないって思ったら、怖くて、消えて無くなりたくて……でも今は、生きてて良かったって思

「それはどうして？」

「ヴィルジールさんがいるから」

今はもうない花の紋章。代わりに私の手にあるのは、まるで正反対の私達を表すような太陽と月の紋章だ。

人は、誰《だれ》かとの繋《つな》がりを求めて生きていく。それは血の繋がりであったり、社会や、友達や恋人《こいびと》だったりするのかもしれない。そしてそれが簡単に壊《こわ》れることを、私は知っている。だからこそ、この消えない紋章が尊く思える。

「ミレイユ先生も命の恩人だけど、ヴィルジールさんも命の恩人だから」

魔封士《まふうし》は誰からも恐れられる存在だけど、唯一《ゆいいつ》大魔法使いからは必要とされる。必要とされるのならば、報《むく》いたい。ヴィルジールにも、私が生きていて良かったと言ってくれたアンにも。

不意に、私の手を握るゾエの手に力が込められた。顔を上げると、ゾエは足元をじっと見つめたまま、何かを言おうとしては口ごもるのを繰《く》り返していた。

「……シャルロット様は……」

「うん」

「ミレイユ様に……亡《な》くなってしまった大切な人に、もう一度会いたいとは思わないのですか」

——だから死のうとしたのではないですか。

ゾエに私が命を絶とうとしたことを直接話したわけではないのに、なぜかそう言われた気がして、どきりとした。

「そう、だね。ミレイユ先生にもう一度会えるものなら、会いたいよ」

「私もです。母にもう一度会いたい……」

どんな時も毅然《きぜん》とした態度のゾエの表情が曇《くも》る。ああ、やはりゾエも、言い知れない感情を抱《かか》えている人間なのだ。

「でも、今じゃないって思うの」

「……今じゃない、ですか？」

「うん。だってさ、今会ったら、絶対雷《かみなり》落とされる。私、ミレイユ先生の最後の言葉も全然守れてない。『次の大魔法使いを助けてやるんだよ』って言われたのに、ヴィルジールさんの力になれている気なんて、全然しないもん。だから、胸張って頑張ったって言えるくらいになれたら……その時にようやく、先生に褒《ほ》めてもらえる気がするんだ。だから、会うのはその時が来たら」

気付けば私は笑っていた。今この瞬間、ミレイユ先生を喪《うしな》ってしまったことを、ようやく受け入れられた気がする。

気が抜《ぬ》けたのか、思わずくしゃみを一つ漏《も》らした。

すると、ゾエがおもむろに私の肩《かた》を抱《だ》き寄せた。長い睫毛《まつげ》が、大きな瞳《ひとみ》に影《かげ》を作る。

「あの……ゾエ……？」

「……あなたは強い人ですね」

「……え？」

そんなこと、初めて言われた。ぽかんと口を開けていると、ゾエは私の瞳をじっと見つめて、もう一度同じことを言った。

「あなたは強い人です」

「……どうしてそう思うの？」

ゾエの温かさとは裏腹に、なぜか焦燥《しょうそう》が募《つの》った。亡くなった人にもう一度会いたいかどうか——受け取りようによっては決して前向きとは言えず、過去に縋《すが》るばかりの話題だ。

そのせいで、妙《みょう》に緊張《きんちょう》して、普通《ふつう》に話せばいいだけなのに、「なんとかしなくちゃ」という気持ちに駆《か》られるのかもしれない。

「あなたは、辛《つら》い話だろうに、ご両親の話をしてくれました。ですから……私の話をしても構いませんか？」

「もちろん。なんでも聞くよ、ゾエ」

私は一も二もなく頷いた。

ゾエは私に寄り添ったまま、ゆっくりと話し始める。

「……私の両親は……様々な事情から、離《はな》れて暮らしていました。お互《たが》い深い愛情があることは母から聞いて知っていましたが、父との思い出はあまりありません」

その言葉に、私は少し驚《おどろ》いた。ゾエとの付き合いはまだほんの少ししかない。だからそんな風に自分のことを打ち明けてくれることも、そんな過去があることも、思ってもみなかった。

「母が亡くなった時……父がどれほど取り乱したか。あの光景を今でも忘れることができません。まるで後を追って死んでしまうのではと思った」

そうゾエが言うと、私は内心どきりとした。ミレイユ先生を喪った時の自分と全く同じだったからだ。愛する人を喪う悲しみは、自分などどうなってもいいと思えるほどに強烈《きょうれつ》で、抗《あらが》いがたい。

ゾエは淡々《たんたん》と話し続けたが、その声には深い悲しみが感じられた。

「その時感じたのです。私はどれだけこの父と関《かか》わりがなく、離れて暮らしていたとしても、思いは同じなのだと。私は父と親子なのだと強く実感しました」

つまりゾエも、私と同じ痛みを抱えた人だったということ。気付けば私は指先が赤くなるほどにストールを握りしめていた。

「だからそんな父を見て、私はこれからを父のために生きようと思った」

静かな声に、私もまた息を呑《の》む。彼女の覚悟《かくご》が伝わってきた、そんな気がする。

「……でも、どうしても不安になります。父が必要としているのは母であって、私じゃない。私は父のために生きようと思ったのに……私、やっぱり、寂《さび》しくて、母に会いたいです。今すぐにでも」

「だ——駄目《だめ》だよ、ゾエ」

私ははっとしてゾエの肩を摑《つか》んだ。どこか、自分と同じ危《あや》うさを感じたのだ。ミレイユ先生の後を追おうとした、あの日の自分と今のゾエを重ねてしまう。だがゾエは、私とは別の人間だ。彼女が命を絶とうとするほど思い詰《つ》めているとは限らない。

「いや、何が駄目っていうか、ええと、つまりね……」

死んじゃ駄目だよ、なんてことを私が言えるわけがなくて、けれどそれ以外の言葉が見つからなくて、情けなくわたわたと手を動かすことしかできない。

ゾエは少しだけ目を丸くして、くすりと笑った。

「ありがとうございます、シャルロット様……」

笑われてしまったのかと思ったが、その言葉はひどく優《やさ》しいものだった。

「聞いてくださって本当にありがとうございます、シャルロット様」

「そんな、私は何も……」

「いいえ。いいえ……本当に……」

ゾエは言葉を詰まらせ、「そろそろ戻《もど》りましょう」と言って、おもむろに立ち上がった。宿で働く人々の会話を聞いてしまった手前、戻るのは少しばかり気が重かったが、これ以上ゾエを付き合わせるわけにもいかなかった。

「――そういえば、ヴィルジール様も同じことを仰《おっしゃ》っていました」

「え？」

静かなゾエの声に、反射的に彼女の顔を見上げる。

どこか遠くを見ていたゾエの目がこちらを向き、彼女はにっこりと笑った。

「アニー様が亡《な》くなられた時、同じ質問をした時のことです。そんなにすぐに会っては、最後まで頑張《がんば》ってくれたあの子に申し訳が立たないと、だからあの子の分まで生きていかないと……そう仰っていました」

それだけ言って、ゾエは私を部屋まで送り届けてくれた。

存外眠気《ねむけ》が限界に近かったらしい。私はベッドに入り、まどろみの中でゾエの言葉の意味を考えた。

あの子の分まで生きていかないと……。皆《みな》、大切な人に繋《つな》いでもらったものを、繋げてきたのだと思う。アニーからヴィルジールに。ミレイユ先生とヴィルジールから、私に。

今日、ヴィルジールとゾエと話したことで、少しだけ心が軽くなっているのを感じる。

明日《あした》も頑張ろうと思った。ちゃんと生きようと、強く思った。

第三章　必要とする者

　グルナーの町で迎《むか》えた二日目の朝。昨日とは打って変わった町の喧騒《けんそう》とは裏腹に、研究院支部の端《はし》に固まった二組のつがいの間には、どんよりとした雰囲気《ふんいき》が漂《ただよ》っていた。

　理由は明白。大魔法使《だいまほうつか》い二人の疲弊《ひへい》が、私達にも露骨《ろこつ》に伝わっているからだ。

　ヴィルジールもレティシアも、気丈《きじょう》に振《ふ》る舞《ま》ってはいるが、研究院を出た初日と比べるべくもなく顔色が悪い。

　私達魔封士《まふうし》は、大魔法使いの力の制御《せいぎょ》の一端《いったん》を担《にな》うことができる。しかしそれは、あくまでマナの制御ができるというだけ。それによって彼らの負担を減らしてあげることはできても、体力そのものを回復できるわけではない。

　私はヴィルジールにただ寄り添《そ》い、彼の手を両手で包んであげることしかできないでいた。

「ここにいたか」

　鋭《するど》い声が飛んできて、無意識に背筋が伸《の》びる。そこにはゾエを伴《ともな》い、杖《つえ》を支えに立つバランド卿《きょう》の姿があった。

これだけあからさまに体調の悪い大魔法使い二人を前に一切気遣《いっさいきづか》う様子のない淡々とした声色《こわいろ》に、レティシアなら一言でも言い返しそうなものだが、彼女は壁《かべ》とルネにもたれながら視線をバランド卿に向けるので精一杯《せいいっぱい》らしかった。

「次の辞令だ。レティシア嬢にはここから南西のガルデニアへ向かってもらう。ヴィルジールは北西の――」

「ちょ、ちょっと待ってよ」

ルネがレティシアを壁に預けると、慌《あわ》てて立ち上がった。

「これから次の町へ行けって？　見てわかんない？」

「疲《つか》れているのなら馬車で寝《ね》ろ、話を続けるぞ。ヴィルジールは北西のスリーズの村へ。どちらもマナの低下が著《いちじる》しい。よく働くように。私はヴィルジールが向かうスリーズへ同行し、レティシア嬢が向かうガルデニアへは数名の研究員が同行する。質問は」

取り付く島もないとはまさにこのことだった。

質問など考える間もなく、「三十分後に出発だ」と言ってバランド卿は立ち去っていった。

「な――何あれ！」

ルネが今まで聞いた中で一番大きな声を上げた。

彼の怒《いか》りも当然だった。大魔法使いの二人は明らかに限界を超《こ》えている。

「……はは、大丈夫だよ、ルネ。そんなに心配しなくても」

そう言って力なく笑うレティシアは、普段《ふだん》の明るさとあまりにかけ離れていて、痛々しささえ感じる。

せめて一日休むことができれば……ゾエとルネが気遣わしげにヴィルジールとレティシアの様子を窺《うかが》っているのを見て、私は慌てて立ち上がりバランド卿を追いかけた。

「――お、お待ちください、バランド卿！」

なけなしの勇気を振り絞《しぼ》り、引きつった声を上げる。

私の声にバランド卿は一瞬《いっしゅん》杖をついて立ち止まり振り返ったが、すぐさま前に向き直った。その様子に思わず立ちすくむが、いても立ってもいられず、勢いのままに彼の前へと回り込む。今の私にできることは、きっとこんなことくらいだから。

「バランド卿、大魔法使いのお二人は、昨日も一昨日《おととい》も相当な無理をされました！　せめて今日一日休ませて――」

バランド卿はとうとう立ち止まると、ぐにゃりと曲がった杖先をどん、と私の肩《かた》に押し当てた。

「では聞こう、ヴィルジールのつがいの」

「は……」

「お前は飢《う》えて死にそうなところ、あと一日待ってくれと言われてどう思う？　お前がしようとしているのは、そういうことだ」

押し黙《だま》った私に向かってふんと鼻で息を吐《は》くと、「わかったら支度《したく》をしろ」とだけ告げ、バランド卿は今度こそ歩き出した。

私はその背中を、ただ黙って見送ることしかできなかった。握《にぎ》りしめた指先が、ひどく冷たい。杖で肩をどつかれた時、故郷でのことを思い出して心臓が止まるかと思った。立っているのがやっとだった。

限界が近そうなヴィルジールとレティシアは、それでもなお人々のために頑張ろうとしているのに、私は彼らに休息の時間も作り出してあげることができない……。

来た道をのろのろと歩きながら、私はグルナーの町の様子を眺《なが》めた。昨日より人気《ひとけ》が多い。人々の笑い声が聞こえてくる。町に活気が戻っている。

私がしようとしていることは、飢えて死にそうな人に、あと一日待ってくれと言うようなもの……。そう言われては何も言い返せない。

マナを増やすのも減らすのも、私達にしかできない。私達がやるしかない。

もしかしたら、次の町ではここよりもまだマナの減りがそう激しくはなく、ヴィルジール達の負担も軽いかもしれない。

そうでも思わないと、どんな顔をしてヴィルジールに会えばいいのか、わからなかった。

皆が集まっている所に戻ると、各々《おのおの》が町を出る支度をしていた。

ヴィルジールは私を見るなり、私の頭にポンと手を置いた。

「そんな顔をするな」

辛《つら》いのはきっとヴィルジールの方なのに、また気を遣わせてしまった。まるで私を安心させるような大きな手のひらの感触《かんしょく》に泣きそうになってしまう。私は彼の手を取り、ぎゅっと握って、少しでも彼のマナのゆらぎを鎮《しず》めようとした。今の彼にそんなものは必要ないとわかっていながらも、何かしなければ気がすまなかった。

「ヴィルジールさん、私、頼《たよ》りないかもしれませんが、なんでも言ってください。お役に立てるよう、頑張りますから」

ヴィルジールは驚《おどろ》きに目を見張ったが、すぐに微笑《ほほえ》んで「ああ」と言ってくれた。

「遅《おそ》い」

言われた通り三十分後、連なる馬車に乗り込む前にバランド卿からそんな小言をもらった。

彼の言い分は、実際正しい、と思う。だが、厳しすぎるとも思う。このまま大魔法使い達が倒《たお》れてしまえば、急いだってなんの意味もないのに。よほど火急の事態なのだろうか。

ヴィルジールが先に馬車に乗り込んだので、私も後に続こうと扉《とびら》に手をかける。すると不意に後ろから服の袖《そで》を摑《つか》まれた。

「ルネ君？」

ルネは辺りをきょろきょろと見回しながら、私にしゃがむよう手招きした。

私の耳元に顔を寄せ、ルネは静かに囁《ささや》いた。

「今回の異変、災害が起こったわけでもないのにこんなに色んな場所でマナが減ってるのは、なんかおかしい。ヴィルジールのそばを離《はな》れちゃだめだよ」

「ルネ君……わかりました。ルネ君もどうか気を付けて」

「ふふん、僕、君の先輩《せんぱい》だからね」

この異常事態を無理やり吹《ふ》き飛ばすように、ルネは笑ってそう言うとレティシアのもとへ駆《か》けていった。

今更《いまさら》になって思い知る。私がどれだけミレイユ先生に甘え、何も知らずにいたのか。しかしこれまでのことを嘆《なげ》いてもどうにもならない。これから先、ヴィルジールの支えになれるよう頑張《がんば》らなくては。

「すみません、お待たせしました」

私が馬車に乗り込むと、すぐに馬が走り出した。

バランド卿は馬車で寝ろと言っていたが、こう揺《ゆ》れては眠《ねむ》るのは難しいだろう。少しでもヴィルジールが休めたらよかったのだが、これでは更に体力を消耗《しょうもう》してしまうのではないか。

ちらとヴィルジールの方を見れば、目を瞑《つむ》ってはいるものの、やはり眠れないらしい。

眉間《みけん》に谷のような皺《しわ》が刻まれている。やがて眠るのを諦《あきら》めたらしい。腕《うで》を組み脚《あし》を組み、窮屈《きゅうくつ》そうに縮こまるヴィルジールを見て、何もできない自分が嫌《いや》になった。

「――シャルロット」

「え、あ、はい」

「昨日はよく眠れたか」

どうやら雑談で気を紛《まぎ》らすことにしたようだ。私は素直《すなお》に答えることにした。

「アンに手紙の返事を書いて、それから眠れなくて、ゾエと一緒《いっしょ》に夜風に当たっていました」

「アン……手紙は今持っているか？」

「はい、ここに」

そう言って手紙を取り出した。いつもの便箋《びんせん》と封筒《ふうとう》に、いつもの封蠟《ふうろう》。短い宛名《あてな》は間違《まちが》いなくアンに宛《あ》てたもの。

「渡《わた》しておこう」

「ありがとうございます――」

ヴィルジールがあまりに自然に手を差し出すものだから、私も気付けば手紙を彼に渡していた。

彼の手の中の手紙がしゅるりと消えていくのを見て、ふと今のやり取りに疑問を持つ。

渡しておこう？『送っておこう』ではなく？

王立魔《ま》法《ほう》研究院宛ての手紙は一度研究院の本棟《とう》の郵便室に集められ、そこから各宛先に配達されると聞いた。

「――アンのこと、知ってるんですか？」

思わず口に出してしまった言葉。もう戻《もど》すことはできない。

ヴィルジールは一瞬《いっしゅん》何を言われたかわからないような表情をしていたが、やがてみるみる色を失っていくようだった。

違《ちが》う。私はアンのことを知りたいけれど、ヴィルジールにこんな顔をさせたいわけではないのだ。

「ごめんなさい、変なこと聞いちゃって」

下手《へた》な取り繕《つくろ》いもヴィルジールにはお見通しだろう。

彼はこちらを見ることなく口を開いた。

「顔も知らない人間との交流は、恐《おそ》ろしくはないのか」

ヴィルジールの横顔から垣間見《かいまみ》える表情は硬《かた》い。何かを憂《うれ》いているようだ。私は彼が何故《なぜ》そのような表情をするのか理解できなかった。

「もしもアンが、お前が思っているような人間ではなかったとしたら、どうする？」

どうしてこんなことを聞くのだろう。やはりヴィルジールはアンのことを知っている？

だとしたら、どうしてその正体を教えてくれないのだろう——いや、きっと彼なりに理由があるのかもしれないし、単にそんな相手と文通している私を心配してくれているだけなのかもしれない。ヴィルジールが優《やさ》しい人だということを、私は既《すで》に知っている。

私はこれまでのアンとのやり取りを思い出していた。

無知な私に外の世界を教えてくれた。幾度《いくど》となく励《はげ》ましてくれた。そして、馬鹿《ばか》な私を見捨てないでいてくれた。

「——アンがどんな人であっても、アンはずっと、私の支えになってくれました。だから、会って感謝を伝えたい……ただ、それだけなんです」

私にとっては、それが真実なのだ。

ヴィルジールはどこか遠くを見つめていた。何をそんなに憂いているのかわからない。

私はこれ以上ヴィルジールを安心させられるような材料を持っていないことに気付く。

改めてアンとの繋《つな》がりはか細いものであると突《つ》きつけられているような気分になった。

「不躾《ぶしつけ》なことを聞いて悪かった」

「いえ——」

ヴィルジールが謝る必要はない。そう言おうとしたが、彼が突然《とつぜん》私の肩《かた》に頭を乗せた。

その行動の意味するところがわからず、私は魔法で銅像にでもされたみたいに固まってしまった。

「……少し寝《ね》る」

それだけ言ってヴィルジールは目を閉じた。

――そうだよね。疲《つか》れているよね。

彼にしてみればこの行動は至極《しごく》当然のことであると自分に言い聞かせる。

なんだか顔が熱いことも、『アンを知っているか』という質問にヴィルジールが答えてくれなかったことも、全部に気付かないふりをして、私も目を閉じた。

今はただ、少しでも休もう。私達には力を持つ者として、責任があるのだから。

私達を乗せた研究院の馬車一行は、異変が起こる次の現場へと到着《とうちゃく》した。

リラズの町よりもやや小規模な、この国ではありふれている小さな村だ。辺りには農地と、更にその周辺を林が覆《おお》っている。村を行く人の数は少なく、その誰《だれ》もが顔色を悪くしている。これまで見てきた二つの町と全く同じ兆候――マナが不足している。

私はルネの言葉を思い出していた。災害が起こったわけでもないのに、各地でマナの減少が見られるのはどう考えてもおかしいと。

しかし私の知識と少ない経験では、そのおかしさの正体を察することもできない。

もっとも、研究院の人達がたくさん駆り出され、それでもなお原因がわからないのだ。今まで散々ミレイユ先生のお屋敷《やしき》に引きこもっていた私が見ただけで原因を特定できるのなら、今頃《いまごろ》事態はすっかり解決しているはずである。

それに、問題はこれだけではなかった。

「ヴィルジールさん、大丈夫《だいじょうぶ》ですか？」

少しの間、私の肩を枕《まくら》に寝入っていたヴィルジールは、目覚めてからというもの村の様子をつぶさに観察していた。

彼は何も言わず、私の質問にも無言で頷《うなず》くだけ。

大魔法使いは無限にマナを放出できる――それは時間をかければの話であって、こんなにも短時間で力を使えば無理が生じるのは当たり前だ。

しかし、バランド卿《きょう》の言葉が頭を離れないでいる。

――お前は飢《う》えて死にそうなところ、あと一日待ってくれと言われてどう思う？　お前がしようとしているのは、そういうことだ。

だからヴィルジールは無理を押してここまでやってきたのだろう。

私にできるのは、彼の力が暴走してしまわないよう、抑制《よくせい》してあげることだけだ。

馬車が動きを止める。ヴィルジールはのろのろと魔度計《まどけい》を取り出すと、針を見て深いため息をついた。私も横から覗《のぞ》き込む。針は無慈悲《むじひ》にもマナの低下を示している。

「ヴィルジール」

外から聞こえる鋭《するど》い声に肩が跳《は》ねた。

剣呑《けんのん》とした雰囲気《ふんいき》に身体が強張《こわば》る。声の主はバランド卿だ。

しかしいつまでも怖《こわ》がって馬車の中にいるわけにもいかないだろう。

意を決して扉《とびら》を開くと、バランド卿とゾエ、先行していた研究員達と、周りには村人が数人こちらの様子を窺《うかが》っているのが見えた。

「何をしていた?」

「……魔度計を見て、マナがどれくらいの値《あたい》を指しているのか、確認《かくにん》を……」

「ならばこの村の危機がわかっただろう。降りてこい」

冷たいバランド卿の声が辺りに響《ひび》く。

私の頭の中で答えの出ない問答がぐるぐる回る。

村人達は原因不明の体調不良に襲《おそ》われ、大魔法使いの助けを必要としている。その大魔法使いは、連日の任務で疲弊《ひへい》している。人々の体調不良の原因はマナの低下によるものだが、なぜ各地でマナが不足しているのか、その原因がわからない。だからその原因を特定するまでの時間稼《かせ》ぎに大魔法使いの力が必要で……。

そんな大魔法使いのつがいの魔封士《まふうし》たる私は、彼のそばにいることで力の暴走を防ぐことができる。けど、それだけだ。まだ出会ったばかりで、彼の心の支えになるどころか、気遣《きづか》われているのは自分の方だ。

振《ふ》り返ればヴィルジールが馬車から降りようとしているところだった。

「ヴィルジールさん、手を」

大勢の人の手前、隠《かく》してはいるが体調の悪さが顔に出ている。馬車から転がり落ちないのが不思議なくらいだ。

ヴィルジールは私の手を取ると、小さな声で「ありがとう」と礼を言った。

こんな、誰にでもできることしか、私にはできない。

情けなくて、心底嫌《いや》になる。

ヴィルジールはなにもない空間からするりと杖《つえ》を取り出すと、それを支えにして歩き出した。

——魔法使いが羨《うらや》ましい。

マナが少なくなっている現状で魔法使いができることは少ないけど、それでも、マナを消滅《しょうめつ》させる魔封士よりきっとできることがたくさんある。

無言で歩き続けるヴィルジールの背中の力強さは、彼が大魔法使いだからだろうか。大魔法使いという立場が、彼をそうさせるのだろうか。

ミレイユ先生の言葉を思い出す。大魔法使いにとって魔封士の力は特別なのだと。

ヴィルジールはそう思ってくれているのだろうか。彼の以前のつがいの魔封士であるアニーは、どんな風に彼の支えになっていたのだろう。

「シャルロット。ゾエと一緒《いっしょ》にいるといい」

ヴィルジールの不意の言葉に、ふと振り返った。

まるで私達を監視《かんし》するように、バランド卿と、村人達がついてきている。ゾエはバランド卿の後ろに控《ひか》えていた。

私が注目されることに慣れていないことは、ほんの少ししか時間を共にしていないヴィルジールも察しているのだろう。

しかし私は首を振った。

「いいえ。ヴィルジールさんと一緒にいます」

私の言葉にヴィルジールはやはり目を丸くした。

自分でもこんな言葉が出たことに驚《おどろ》いている。しかしそれ以上に、彼が与《あた》えてくれたものを少しずつ返していきたいと思ったのだ。

昨日まで彼の隣《となり》にいたのは同じ大魔法使いのレティシアだった。私は言われるがまま、遠くから見守ることしかできなかった。

彼らの仕事の邪魔《じゃま》をしてはいけないと思っていた。だが心のどこかで、レティシアのように彼の隣に並び立ちたいと望んでいたのかもしれない。

魔封士としては自分の方が先輩《せんぱい》だと笑っていたルネも、こんな風に葛藤《かっとう》することがあったのだろうか。

「……わかった」

一瞬《いっしゅん》の間があったが、ヴィルジールは私が隣にいることを許してくれた。

村の中央までやってくると、ヴィルジールがもう一度魔度計を確認する。針の位置は馬車で見た時とほとんど変わっておらず、落胆《らくたん》した。

ヴィルジールが両手で杖を持って掲《かか》げる。それだけで暖かな風が躍《おど》るように辺りに流れていく。

杖先を見上げれば、空は曇天《どんてん》なのに、まるで光が降り注いでいるかのように輝《かがや》いていて。

皆《みな》の表情がみるみるうちに和《やわ》らいでいく。しかしそれに比例するように、ヴィルジールの表情が歪《ゆが》んでいく。遠くで見ているだけではわからなかった、眉間《みけん》に刻まれた皺《しわ》が、彼の疲労《ひろう》を物語っていて。

代わってあげられるならそうしたいと思うのに、どうしてあげることもできない。

気付けば私は、彼の杖を掴《つか》み、彼の身体を支えていた。

「……シャルロット？」

ヴィルジールの目が見開かれる。彼の美しい金色の瞳《ひとみ》に、泣かないように精一杯《せいいっぱい》唇《くちびる》を噛《か》みしめる、情けない私の顔が映し出される。

「もし、邪魔じゃなければ……お手伝いします」

「……ありがとう」

そう言って、ヴィルジールはこんな時だというのに、優《やさ》しく笑いかけてくれた。

ヴィルジールは少しずつマナを放出していった。だが、マナを生み出すそばから放出しているのだ、彼が本来生命の維持《いじ》に必要とするマナまで放出してしまっているのだろう。とうとう杖を地面について、肩《かた》で息をしだした。支えている私にまでその重みが直接伝わってくる。

背後で村人達がざわめくのを感じる。ようやく与えられた希望が目の前で輝きを失おうとしているのだ。きっとその不安は大魔法使いが来る前より増したはず。

それでも私は、こんなになってまで大魔法使いの責任を果たそうとしているヴィルジールの身体をただ支えるだけなんて、そんなことはできなかった。

「――バランド卿《きょう》!」

この場の最高責任者の名を呼びながら、彼を振り返る。

ヴィルジールが今にも倒《たお》れそうだというのに、バランド卿はまるでそれが見えていないかのように、私に視線を寄越《よこ》した。

「このままではヴィルジールさんは村と共倒《ともだお》れになってしまいます！　お願いします、せめて一日休息を！」

こんな風に人に強く意見するのはいつ以来だろう。心臓が破裂《はれつ》しそうなほど痛むのを感じる。

しかしバランド卿は、そんな私の言葉を羽虫を除《よ》けるがごとく振り払《はら》った。

「いいか、ヴィルジールのつがいの。魔封士の貴様など、この村の人々は必要としておらんのだ」

村人達に同意を求めるがごとく、バランド卿が声を大にして言った。

すると村人達は口々に「魔封士？」「あの子が？」とざわめく。さざめきが伝播《でんぱ》していき、それは私への恐怖《きょうふ》へと変わった。

「なんで魔封士がここに？」

「魔封士がいたらますますマナが減るんじゃないか？」

「いや、魔封士は大魔法使い様に必要な存在だとか」

「そうは見えない」

「大魔法使い様があれほど弱っているのは、魔封士がそばにいるせいじゃないのか？」

彼らの言葉は、鋭利《えいり》な刃物《はもの》のようだった。

私はずっとミレイユ先生に守られていた。ルネは、慣れだと言った。アニーは、どんな顔でこれを受け止めたのだろう。

まるで目眩《めまい》でもしたかのように視界が歪む。

ここにいるだけで、悪いのは全《すべ》て魔封士と言われてしまう。

──だが、大魔法使いはそれを許さなかった。

突然《とつぜん》、ヴィルジールを支えていた重みがなくなり、視界が真っ暗になった。何かと思い振り返れば、目の前にヴィルジールの青白く輝く満月のような杖がある。気付けば私は、ヴィルジールの腕《うで》の中に閉じ込められていた。

「ヴィルジールさん──」

見上げれば金色の瞳が鋭《するど》く目の前の群衆を捉《とら》えていた。

その美しさに、私は一瞬、こんなにも視界が歪んだ理由を忘れてしまった。

「俺にはこの子が必要なんだ」

この場にいる全ての人に向かって、彼ははっきりとそう言った。私の目の前で、杖を握《にぎ》る手に力が込められる。

しかしそんな彼の力強い行動も、そう長続きはしなかった。うめき声と共にヴィルジールが私にもたれかかる。必死になって抱《だ》きとめようとするが、大の男を私一人の細腕で支えるのは難しいと思われた。

不意に、ヴィルジールの身体が少しだけ軽くなるのを感じた。てっきりヴィルジールが意識を取り戻《もど》して自分で身体を支えているのかと思ったが、彼は息を荒《あら》くし、今にも倒れそうなことに代わりはない。

「──なんの真似《まね》だ、ゾエ」

バランド卿の低い声が辺りに響《ひび》いた。

「ご覧の通りでございます、バランド卿。ヴィルジール様は立っているのもやっとではないですか。いずれ倒れてしまうのなら、しかるべく休息を取らせるのがこの異変に対する最も適切な対処であると進言させていただきます」

そうだ、ゾエは簡単な魔法《まほう》を使える。研究院の屋敷《やしき》で見せてもらったのも、物を浮《う》かせる魔法だった。ヴィルジールの身体を私一人で支えることができているのは彼女の浮遊《ふゆう》魔法による助けがあるからだと、ようやく合点《がてん》がいった。

ゾエの声が近づいてくるのと同時に、誰《だれ》かの足音が離《はな》れていく。

「シャルロット様。お手伝いします」

そう言ってゾエがヴィルジールを支える手助けをしてくれた。

ようやくヴィルジールの腕から抜《ぬ》け出すと、バランド卿の背中が遠ざかっていくのが見えた。どうやらヴィルジールが休むことに利があると納得《なっとく》してくれたらしい。束《つか》の間の休息を得られることに、私はほっと胸を撫《な》で下ろした。

私達は研究院が手配した宿までヴィルジールを連れて行った。彼をベッドに寝《ね》かせると、ゾエは看病に必要な物を取ってくると言って部屋を出て行った。

ベッドに横たわる辛《つら》そうなヴィルジールの表情に心が痛んだ。

「……ヴィルジールさん……どうか少しでも休めたら……」

彼はもはや口を利《き》くことすらできなくなっていた。こうなる前に、やはりバランド卿に彼を休ませるようもっと強く進言するべきだった。後悔《こうかい》ばかりしても遅《おそ》いのはわかっているが、自分へ罰《ばつ》を与《あた》えるかのようにそうするのをやめられなかった。

私は、せめてヴィルジールがよく休めるようにしてあげることしかできなかった。靴《くつ》を脱《ぬ》がせてやり、魔法使いの証《あかし》であるローブを脱がせてやろうと彼の身体を横にした時、何かがベッドの下にひらりと落ちた。

ヴィルジールの肩までキルトを掛《か》けてからそれを拾い上げる。

見慣れた封筒《ふうとう》。宛名《あてな》も差出人もない。封を切った跡《あと》もなく、された跡もない。間違《まちが》いなく、誰かに出す前の手紙だった。

私がこの封筒を、見間違えるはずがない。これは、いつもアンがくれる手紙……。

足元がぐらつくような気分になり、ベッドのそばにしゃがみこむ。これがここにあることの意味を考えた。しかし自分を納得させる答えが一つも思い浮かばず、悪いと思う間もなく半ば無意識に封筒から便箋《びんせん》を取り出していた。

宛名には私の名前。シャルロットへ、そう見慣れた文字で書かれている。

ヴィルジールは、アンのことを教えてはくれなかった。どうして教えてくれないのか、わからなかった。けれど、やはりヴィルジールは、アンのことを知っていた。

私は自分を奮い立たせるように立ち上がると、恐《おそ》る恐る続きを読むことにした。

親愛なる友人、シャルロットへ

手紙をありがとう。別れの手紙を受け取った時、私は何もできない自分が悔《くや》しくてたまらなかった。

あなたが生きていて、私がどれほど嬉《うれ》しいか伝わっているでしょうか。


見覚えのある文面だ。

これは私が、ヴィルジールのつがいの魔封士《まふうし》になったとアンに報告した後に返ってきた手紙の書き出しと同じだった。

しかし途中《とちゅう》から以前とは違う文が現れ、字も乱れ、アンの動揺《どうよう》が垣間見《かいまみ》えた。


シャルロット、どうか、謝らないで。

私はあなたにそんなにも想《おも》ってもらえるような人間じゃない。

あなたの力になれなくてごめんなさい。私は本当は

文章はそこで終わっていた。

何か続きを書こうとして、インクがぐしゃぐしゃとのたうっている。

何度読み返してもこれはアンの文字で、アンが私に宛《あ》てた文章で。

どうしてこんな書きかけの手紙をヴィルジールが持っているのだろう。

なんで、と声を上げたかったが、喉《のど》が引きつって掠《かす》れた息しか出てこない。

ヴィルジールの寝息をかき消してしまうんじゃないかと思うほど、馬鹿《ばか》みたいに心臓がうるさく脈打った。

まるでそれに呼応するかのようにコンコンとノックの音が響く。無理やり現実に引き戻され、私は顔を上げた。

「シャルロット様、扉《とびら》を開けてくださいませんか」

ゾエの声に、私は手紙を懐《ふところ》にしまった。この手紙が何であれ、これはヴィルジールの持ち物だ。しかし頭では理解しつつ、これをヴィルジールのもとへ戻して、見て見ぬふりをするなんてこと、私にはできなかった。

数回の深呼吸で息を整えて扉を開く。そこには水で濡《ぬ》らした布と、お茶を淹《い》れるための道具が載《の》ったトレイを両手で持つゾエが立っていた。

「……シャルロット様？　どうかなされましたか？」

「ううん、なんでもないの」

ゾエを部屋に入れ、私は彼女から布を受け取った。

眠《ねむ》っているヴィルジールの額を布でそっと拭《ぬぐ》ってやる。手を触《ふ》れれば少し熱い。熱があるようだ。間違いなく疲労《ひろう》からくる熱だろう。私はそのまま布をヴィルジールの額に載せてやった。

「シャルロット様も少し休まれるとよいかと」

「うん……」

ヴィルジールと比べれば何もしていないに等しかったが、それでも連日の移動と、そもそも彼のつがいになってからというもの色々なことがありすぎて、心を落ち着ける暇《ひま》がなかったせいかひどく疲《つか》れていた。

ゾエがいてくれてよかった、と思う。

私一人ではきっとまた思考が堂々巡《どうどうめぐ》りして、疲労が頂点に達していただろう。

「どうぞ、シャルロット様」

「ありがとう」

手際《てぎわ》よく淹れられたお茶のカップを受け取って、子どもみたいに両手で持つ。

熱くなった陶器《とうき》が冷えた指先を温めてくれる。一口飲めば、身も心も温まるようで人心《ひとごこ》地《ち》ついた。

それでも、不安は尽《つ》きない。

「ヴィルジールさんは、いつ目が覚めるでしょうか」

私の疑問にゾエは静かに答えた。

「大魔法使いですから、きっとそう時間はかかりませんよ」

「そう……そうだよね……でも……」

生命の源であるマナ。それを生み出すことができる大魔法使いは、普通《ふつう》の人より丈夫《じょうぶ》なのだと——だから長生きできるってミレイユ先生が言っていたっけ。

だからバランド卿《きょう》はああも大魔法使い達を酷使《こくし》することに躊躇《ためら》いがなかったのだろうか。

もっとも、ヴィルジールが倒《たお》れてしまってはここまで来た意味が無い。そうせざるを得ないほど、この事態は深刻なのだろうか。

「ねえ、ゾエ——」

前にもこんなことがあったのか、そう聞こうと顔を上げた瞬間《しゅんかん》。

立ってもいないのに、立ち眩《くら》みのように視界が揺《ゆ》れた。

「……？」

次いでやってきたのは、打ち付けるような頭の痛み。目の奥を後ろに引っ張られているような不快感と、全身を襲《おそ》う気だるさ。

理不尽《りふじん》なまでの眠気《ねむけ》に抗《あらが》い、不調を訴《うった》えようと重たい頭を持ち上げた。

「ゾエ……」

ここまで助けてくれたゾエなら、なにか手助けしてくれると思った。しかしなんとか視界に捉《とら》えたゾエの瞳《ひとみ》は、恐ろしいほどに冷静で、動揺の一欠片《ひとかけら》も見えない。

――彼女は、私がこうなることを知っていた。

それを確信した時、とうとう自分の身体を支えられなくなり、私はヴィルジールが眠るベッドに倒れ、そのまま意識を失ってしまった。


「う……」

ガンガン痛む頭を揺らして、自分の身に起こったことの状況《じょうきょう》を把握《はあく》しようとする。幸い、ゾエに淹れてもらったお茶を飲む前後の記憶《きおく》は失われてはいなかった。

私の視界にはまず、見たことのない薄暗《うすぐら》い天井《てんじょう》と、小汚《こぎたな》い木の床《ゆか》が見えた。

意識がはっきりとしないまま、私はなんとか周囲を見回す。

窓からはわずかに月明かりが差し込んでいる。どうやら随分《ずいぶん》時間が経《た》ったらしい。そして、窓のすぐそばにゾエが立っているのが見えた。彼女の向かいには杖先《つえ》に光を灯《とも》すバランド卿が。

「ゾエ……」

なけなしの力を振《ふ》り絞《しぼ》ってゾエの名前を呼ぶと、ゾエがはっとこちらを振り返った。彼女の手に握《にぎ》られているのはヴィルジールが持っていた魔度計《まどけい》。

何が起こっているのか把握しようとする前に、バランド卿がこちらへやってきて私を冷たく見下ろした。

「──薬の量が足りなかったのではないかね」

「申し訳ありません、お父様。ですが量を増やすと死なれる可能性もあったので」

その会話の意味するところがわからず、ただでさえ混乱した頭の中に手を突《つ》っ込んでかき回されているような不快感に襲われた。

お父様？　バランド卿とゾエは親子ってこと？　だってそんな素振《そぶ》りは一度も……いや、考えてみればゾエが同行しているのは最初から不自然だった。ヴィルジールの屋敷《やしき》をたった一人で管理するゾエをわざわざ連れてくる必要がバランド卿にはあったのだ。ただ使用人として連れ回すだけなら他《ほか》にも人員がいたはずなのだ。

でも、二人が親子なのだとしたら。父のために生きたいと言ったゾエが、父であるバランド卿に付き従うことに、なんの不自然さもない。ただ、理解が一向に追いつかない。

何が起ころうとしている？　ヴィルジールは無事？　ぼうっとする頭では考えることも

難しい。

「まあいい。とっとと始めるぞ」

バランド卿は私に微塵《みじん》も興味を示さず、淡々《たんたん》と言った。

「ですがお父様。ヴィルジール様が休まれたため、必要なマナの量には足りないかと」

「最後の村は保険のつもりだったのだ。どのみち計画は今日実行しなければならない」

何をしようとしているのか、話の端々《はしばし》からは見当をつけることもできない。

私は起き上がろうとして、手足を縛《しば》られていることに気が付いた。それでも芋虫《いもむし》のようにその場にのたうち回りながら、必死の抵抗《ていこう》を試みた。

何ができるか考えなくては。今の私にできること……。何の力も持たない、私が……。

不意にミレイユ先生の言葉が頭をよぎる。——魔封士《まふうし》の力は、特別なもの。

魔封士にできること、今までずっと恐《おそ》れてきたこと——そうだ、うまくマナを吸い取ることができれば！

この二人は魔法使いだ。マナを奪《うば》えば魔法を使うことができなくなる。力の使い方を間《ま》違《ちが》えれば彼らの命を奪ってしまうかもしれない。慎重《しんちょう》に力を使わなければ……。

大丈夫《だいじょうぶ》だと自分に言い聞かせながら、少しずつ力を解放した。だが、身体の内側で力が不規則にゆらめくのを感じ、慌《あわ》てて魔封士の力を使うのをやめた。

大魔法使いと魔封士は、強大すぎる力を持つが故《ゆえ》に、相反する力を持つ両者が契約《けいやく》しつがいとなることで繋《つな》がりを持ち、お互《たが》いの力を制御《せいぎょ》できるようになる。

しかし今の私には、つがいとしての繋がりをほんのわずかに感じることしかできなかった。

つがいの力が弱まるのは、物理的な距離《きょり》が離《はな》れた時。もしくはどちらかの生命活動が低下した時。脳裏《のうり》を嫌《いや》な予感がよぎった。

「ヴィルジールさん、は」

カラカラの喉《のど》で訴えると、そばにいたゾエがそっと私の傍《かたわ》らにしゃがみこんで、赤子の背中をさするように私の身体を撫《な》でた。

「ご安心を。今も村の宿でお休みですよ。シャルロット様に飲ませたものと同じ薬を飲ませたので、しばらくは目覚めませんが」

ゾエの言葉を信じたい気持ちと疑う気持ちで、どうにかなってしまいそうだった。

「ゾエ、なんで、ここは、私に、なにを」

私の疑問に、ゾエはちらりとバランド卿を振り返った。

彼はロウソクの明かりの下《もと》、なにか分厚い手帳のようなものを血走った目で眺《なが》めては、ぶつぶつと独り言を漏《も》らしていた。

背中をさするゾエの手つきは優《やさ》しいのに、どうにも震《ふる》えが止まらない。

「本当は、マナの異変は全《すべ》て、仕組まれたものだったのです」

ゾエは私の前に魔度計を差し出した。針は正常域を指している。

「覚えていますか？　あなたが初めて研究院に来た日、父はヴィルジール様とレティシア様に魔度計を渡《わた》しましたね。あの時すでに、この魔度計には見た者に幻覚《げんかく》を見せるよう魔法がかけてありました」

パチン、と音がして魔度計の蓋《ふた》が閉じられた。銀の蓋に私の情けない表情が反射して映っている。

ゾエは寝物語《ねものがたり》でも聞かせるように魔度計の仕組みを話した。

「魔度計そのもののつくりを変えるには非常に高度な技術を要しますが、針の位置を錯覚《さっかく》させる程度なら簡単です」

「……そんな、そんな簡単な魔法……大魔法使いの、ヴィルジールさんとレティシア様なら、それくらい見破れるんじゃ……」

「それも簡単な話です。王立魔法研究院にいる間は、その魔法が発動しないようになっていた。この魔度計を作ったのは父ですから、魔法を組み込むのも訳なかった。渡されてすぐなら彼らも気付いたでしょうが、そう強い魔法じゃないから気付かなかったのです。現にあなたもそうでしょう」

ヴィルジールと共に、何度も魔度計を覗《のぞ》き込んだことを思い出す。まるで違和感《いわかん》を覚えなかった。

ここまで聞かされたら、当然次の疑問が湧《わ》いてくる。ヴィルジールさんは、針を中央に戻《もど》すのに、いつもよりずっと時間がかかるって言ってた……それって……。

「魔度計の針の位置を錯覚させたって……ヴィルジールさんは、針を中央に戻《もど》すのに、い

「そうですね。本来必要なマナは、針が指し示す値《あたい》よりもずっと少なく済んだはずだった。大魔法使いのお二人があれほどまでに疲弊《ひへい》したのは、必要以上のマナを放出したから」

「どうして……ゾエ、どうしてそんなこと……」

私が言いたいことを、ゾエは何もかもわかっていると言いたげに首を振った。

「――大量のマナと、魔封士がいれば、ミレイユ先生に会える。それを知ったら、あなたはどうしますか？」

「え……」

「会えるものなら会いたいと、そう言っていましたね。そんな方法があったら、縋《すが》りたくなるでしょう。私達はそのために、今日まで準備をしてきたのです」

つまりゾエとバランド卿《きょう》は、死んだ人にもう一度会う方法を知っていて。

それを実行するために、色んな細工をして。私はその方法を実行するために必要で。

では、彼らが会いたい人物とは――

「ゾエの……お母さんに……会うため……？」

私がそう言うと、ゾエはそっと目を伏せて微笑《ほほえ》んだ。

「父は秘密裏《ひみつり》に人間を蘇《よみがえ》らせる研究をしていました。どこから情報が漏れたのか、ヴィルジール様の所にまで噂《うわさ》がいってしまったようですが」

ここ最近の怒涛《どとう》の日々の中で、ヴィルジールとゾエと過ごした屋敷でのわずかな記憶《きおく》が蘇る。確かにそんな噂があると話題に出ていたが、あまりにも多くのことが起こったものだから、すっかり記憶の片隅《かたすみ》に追いやられていた。

「――魔封士がマナを消滅《しょうめつ》させる原理をお前は知っているか？」

手元の手帳から目を離さず、バランド卿がこちらに近寄ってきた。

恐れから少しでも距離を取ろうと身体を動かすが、一歩も後退することができなかった。

「……そんなの、魔封士本人にも、なんでそんな力があるのかわからないのに……」

「そうとも。誰《だれ》も知らなかった魔封士の力の本質を、私はついに発見したのだ。そしてそれは、蘇りの秘術を行使するための重要な中核《ちゅうかく》だった！」

バランド卿はひどく嬉《うれ》しそうに口端《こうたん》を歪《ゆが》めて笑った。

今までの、仕事に対して忠実で、冷静だったバランド卿の表情とはまるで違《ちが》う。

杖先が鳩尾《みぞおち》をぶつ。助けを求めてゾエを見たけど、彼女はそっと目をそらすだけだった。

彼はどうしても力を誇示《こじ》したいようで、くつくつと喉を鳴らしながら私の顔に息がかかるほど顔を近づけた。まるで全身で喜びを顕《あらわ》にしているようだった。

「魔封士という存在は、広義には魔法使いに当たるのだ」

「……私が、魔法使い……？」

「そうだ。魔法使いはマナを操《あやつ》る――魔封士は大魔法使いのマナと強く結びつき、制御を可能にする――これが契約とつがいの関係だ」

あんなになりたかった魔法使い。既《すで》に私は魔法使いだったというのか。

バランド卿はまるでこれからプレゼントをもらえることがわかっている子どものように、楽しげに話す。

「大魔法使いの力はどうやって制御するか？　過剰《かじょう》なマナを魔封士が吸い取ることで大魔法使いは人並みに魔法を制御できるようになる。では、そのマナはどこへ行くのか？」

心底愉快《ゆかい》だと言わんばかりに、バランド卿は私の心臓辺りを杖《つえ》で突《つ》いた。

「我々《われわれ》人間にはマナを溜《た》め込むことができる、目に見えない器《うつわ》がある。一定以上は溜め込むことができない」

そうだ。だから人はマナを失えば倒《たお》れてしまうし、魔法使いは無限に魔法を使うことができない。

「だが魔封士は違う。貴様の身体の中には巨大《きょだい》なマナの器があり、膨大《ぼうだい》なマナが吸収され、あたかも周囲のマナが消滅しているように見える――これが魔封士の力の仕組みだ」

バランド卿は冷たく微笑んだ。

次から次へと明かされる真相に、もはや私の脳は限界を超《こ》えていた。

「蘇りに必要なのは魂と肉体。秘術を使い魂を冥界から呼び戻すのに膨大なマナが必要だった」

「……だから大魔法使い達を騙《だま》して、マナを放出させた……？」

「察しがよくて助かるな。そして、魂を定着させるのにもまた、普通《ふつう》の人間ではなく、マナを溜め込んだ人間が必要なのだ。ここまで言えば、お前がなぜここに連れてこられたかわかるだろう」

全身がさあっと冷えていくのがわかる。

この人は、自分の妻を、ゾエの母を蘇らせるために、こんなことを。

ヴィルジールも、レティシアも、私も、この男にいいように利用されていたのだ。

「……バランド卿……『お前は飢《う》えて死にそうなところ、あと一日待ってくれと言われてどう思う？』と……そう言ったではないですか……」

「だからなんだと？」

「私、その通りだなと思ったのですよ。大魔法使いと魔封士の責任が、私達にはあるから……だから少しでも人々の力になれればと……」

私は冷ややかに自身を見下ろすバランド卿を見上げた。

「バランド卿も、そうではなかったのですか……？」

思ってもみないほど細るような声が出た。

「――私の行動は、全て、今日この日のため。それだけだ」研究院で地位を上げたのも、少しでも妻ともう一度会える可能性を探《さぐ》るため。

そこには彼の信念と、確固たる意志が見えた。

だが、それを認めるわけにはいかない。

どうしよう。どうすれば。

蘇りの秘術とやらがどのように行われるのかはわからないが、なんとかしなければ。

話を聞いている限り、大量のマナさえ無くなればこの計画は失敗に終わるはず。ヴィルジールが――つがいの大魔法使いがいない今、どれだけ力を扱《あつか》えるかわからない。

そもそも私はこの力が嫌《きら》いで、死んでしまいたいとすら思っていた。

でもそれじゃだめだ。生きてヴィルジールのもとへ帰らなければ。つがいのいない大魔法使いと魔封士は、どんな風に力が作用するかわからない。

最初は諦《あきら》めてしまったけれど、もう一度なんとかしてみようと、私は身体に力を込めた。

「――おっと。魔封士の力は使うな。秘術が使えなくなる」

胸に当たったままだった杖先が、ぐり、とえぐるように突き刺《さ》さる。バランド卿はにやりと笑った。

「いいか、ヴィルジールのつがいの。ここは今朝までいたグルナーの町。ヴィルジールがいるスリーズの村とは随分距離《ずいぶんきょり》がある。制御《せいぎょ》は見込めないぞ」

「おお、そうか。力を暴走させ、せっかく得られた町の人々の平和を脅《おびや》かすか」

「……っ、それでも……」

ぎくりと身体が強張《こわば》った。

ここで力を使って失敗したら、仮にバランド卿の企《たくら》みを防ぐことができたとしても、今度は町の人達を危険にさらすことになる。

紋章《もんしょう》がある右手を思わず握《にぎ》りしめた。後ろ手に縛《しば》られているから私の紋章がどうなっているのかはわからない。けれどこれはヴィルジールとの繋《つな》がりだ。ヴィルジールがああも身を挺《てい》して救った町の人々を、再び絶望させるなんてこと、あってはならない。

たとえ私がどんなに蔑《さげす》まれていても。私は彼のつがいなのだから。

「──ゾエ」

私は傍《かたわ》らで膝《ひざ》をついていたゾエに視線をやった。

突然《とつぜん》名前を呼ばれ、ゾエは瞠目《どうもく》していた。

「言ったよね、私……。ミレイユ先生に頑張《がんば》ったよって言えるくらいになれたら、その時にようやく褒《ほ》めてもらえる気がするって。だから会うのは、その時が来たらだって……。ゾエのお母さんのこと、私は知らないけど、ゾエはお母さんに胸を張って会えるの？」

「──くだらん戯言《たわごと》で私の娘《むすめ》を誑《たぶら》かさんでくれ」

ゾエが返事をする前に、ドス、と杖先が腹に埋《う》まった。暴力的な衝撃《しょうげき》に思わずえずく。

「貴様があの婆《ばあ》さんに抱《いだ》いている想《おも》いと、我々が家族を想う気持ちは同じはずだ。そうだろう？　そうまでして会いたい者がいるのだと、なぜわからん？」

痛みや恐怖《きょうふ》。困惑《こんわく》や悲観。後ろ向きな感情が次々に襲《おそ》い来るが、何より怒《いか》りが私の中で爆発《ばくはつ》した。

今まで悩《なや》み、苦しんできた、私の葛藤《かっとう》が、そんな風に軽々しく扱われるなんて、許せなかった。

「――それでも私は、ヴィルジールのつがいであろうと決めた！　それに、私はまだ、親友の、アンにだって会ってない――」

「――アン！」

突如《とつじょ》バランド卿《きょう》がげらげらと笑い出した。

今の私の言葉のどこに笑える要素があったというのか。

「何がおかしいんですか！」

「ああ、哀《あわ》れな魔封士、死んでしまいたくなるよう、教えてやろう」

バランド卿がいやらしい笑《え》みを浮《う》かべるのとほぼ同時、「お父様」とゾエが止める素振《そぶ》りを見せたが、彼は構わず続けた。

「アン――貴様の文通相手の正体は、貴様のつがい、ヴィルジールだ」

第四章　私にできること

一瞬《いっしゅん》何を言われたのか理解できなかった。

ヴィルジールが、アン。これまで手紙という形で、ずっと私に外の世界を教え、励《はげ》まし、支えてくれたその人の正体が。

魚のように口をぱくぱくさせていると、バランド卿はくつくつと喉《のど》を鳴らして笑った。

「ああ、いいぞ。これで抵抗《ていこう》する気力も失《う》せたろう」

「……どうして……仮にそうだったとして、なぜそんなことをあなたが……？」

「私ほどの立場になれば郵便室で手紙の検閲《けんえつ》くらいできるんでな」

バランド卿は私の問いに、興がそがれたようにため息をついた。

もし本当に、ヴィルジールがアンなのだとしたら。

彼が持っていた書きかけの手紙も。すぐに返事がきたわけも。そもそも、最初に彼と出会う前に、アンに宛《あ》てたあの別れの手紙を読んでいたのだとしたら。

アンの正体を知っている素振りを見せながら、それを明かさなかった理由に、否《いや》が応でも辻褄《つじつま》が合ってしまう。

信じたくないけれど、でも、本当にバランド卿の言葉が正しいのだとしたら……。

──ヴィルジール。今までどんな気持ちで私のそばにいたんだろう。どうしてすぐに正体を明かしてくれなかったんだろう。

……いや。そんなの聞かなくてもわかる。彼は、アンは、ずっと優《やさ》しかった。

「泣いているのか？　さぞ衝撃だろうよ。何年もの間、お前を騙し続けてきた相手が、自分のつがいなのだから。だがその苦しみもすぐに消える。お前の肉体も精神も、全《すべ》て我が妻のものとなるのだ」

泣いている。言われて気付いた。私は泣いているのか。

これは悲しみから来る涙《なみだ》などではない。確かに苦しいが、それは決してヴィルジールのせいじゃない。

「……ヴィルジールさん……ずっと私のこと……」

ああ、やっぱり、私はなんて情けないんだろう。

私がアンについて聞いた時、ヴィルジールは何も言わなかった。ただ寄り添《そ》っていただけだった。あの時彼がそうしたのは、それが彼なりの、精一杯《せいいっぱい》だったのだろう。

生きていてくれてよかったと言ってくれたアンが。私を必要だと言ったヴィルジールが。悪意から私を騙していたなんてあるわけないと、はっきりわかる。

右手の甲《こう》が──太陽と月の紋章が、熱を持っているかのよう。これは錯覚《さっかく》などではない。

この熱は、ヴィルジールとの繫がりだ。

「――バランド卿。手紙を読んでいたのなら、知っていますか。私がずっと死にたかったってこと」

バランド卿は落ちているゴミでも見るかのような目で私を捉《とら》えた。

今までならこんな視線には耐《た》えられなかっただろう。だが今は違《ちが》う。

「でも、ミレイユ先生に会うのは、今じゃないんです。私、やり残したことがたくさんあるから」

「シャルロット様――」

ゾエが声を震《ふる》わせて私の名前を呼んだ。

もういいと、もう諦めろと言っているようだった。

「私はまだ、死にませんよ」

心を強く持つんだ。ヴィルジールのもとへ帰るために。

バランド卿は今にも舌打ちを漏《も》らしそうなほど、不快感を顕《あらわ》にしていた。

「――ゾエ！　始めるぞ！」

鋭《するど》い怒声《どせい》にゾエがびくりと肩《かた》を震わす。

その姿に、かつて親に見捨てられ、地下へと引きずられていった自分の姿が重なった。

ゾエは母親に会いたいと言った。私とヴィルジールへの質問の答えが同じだと言っていた。

ヴィルジールのつがいの魔封士《まふうし》であるアニーが死んだ後のヴィルジールの答えは、「最後まで頑張ってくれたあの子に申し訳が立たない、だからあの子の分まで生きていかないと」だったと言う。

「ゾエ……」

彼女と目が合い、彼女の名を呼ぶと、バランド卿に呼ばれた時と同じく、肩を震わせた。

「私……私、ミレイユ先生に会える方法があるとわかっても……やっぱり、今じゃない」

「シャルロット様……」

「死んだ人は、どんなに願っても、生き返らないんだよ……」

そう、それが道理なのだ。だから人はそれをなんとか受け入れて、歩いていくしかないのだ。

ヴィルジールも、ゾエも、バランド卿も、そして私も——どんなに死にたくなっても、大切な人を喪《うしな》った悲しみと共に生きていかなければいけないのだ。

「ゾエ！　何をしている、早くこっちへ来い！」

バランド卿がゾエを無理やりに立たせようと彼女の腕《うで》を摑《つか》む。その瞬間、私はバランド卿の足に自分の身体をぶつけた。

彼はわずかにバランスを崩《くず》し、見る間に表情を歪《ゆが》め私を足蹴《あしげ》にした。

「お前と私は同じなはずだ！　愛する者を喪う絶望が！　全てを犠牲《ぎせい》にしてでももう一度会いたいと思う気持ちが！　お前はわかっているはずだ！」

「それでも――それでも、あなたと私は違う!!」

身体に力を込める。先程《さきほど》よりもゆらぎが少ない。うまく制御《せいぎょ》ができている証拠《しょうこ》だ。

今までずっと、魔封士の力に怯《おび》えていたけど、今なら。

自分の身体の中に、暖かな空気のようなものが巡《めぐ》っていくのを感じる。ヴィルジールの周りで舞《ま》っていた風のようだ。

「あ――お前、どうして――」

息苦しさからかバランド卿が胸をかきむしり、その場に膝《ひざ》をついた。

バランド卿とゾエの身体から、周辺から、マナが急速に失われていく。私の力によって、私の中にマナが流れ込んでくる。

「お父様！」

ゾエが額に汗《あせ》を浮かべながらバランド卿を支えた。ゾエもまた、マナを失ったことで顔色を悪くしている。

「……シャルロット様……なぜ……町の人々は……！」

「大丈夫《だいじょうぶ》、だって――」

私が力を制御できるってことは、つまり――。

突如、轟音《ごうおん》と共に壁《かべ》が木《こ》っ端《ぱ》微塵《みじん》に破壊《はかい》された。まるで突如嵐《とつじょあらし》にでも襲われたかのようだ。

あまりに手荒《てあら》すぎて言葉を失う。けれど心のどこかで安心している自分もいた。

美しく輝《かがや》く月の下に、もう一つ、白銀に輝く満月がそこにあった。

夜に溶《と》けるような黒髪《くろかみ》と漆黒《しっこく》のマントをなびかせ、ヴィルジールは静かにそこに佇《たたず》んでいた。こんな手荒な真似《まね》をしたとは思えないほど、凪《な》いでいる。

「ヴィルジールさん」

無言で私達の前に立つと、ヴィルジールは杖《つえ》先をバランド卿《きょう》へと向けた。

「俺のつがいを返してもらうぞ」

するとバランド卿はひどく興奮した様子で笑い出した。娘《むすめ》であるはずのゾエですら、その様子に怯えを隠《かく》しきれないようだった。

「何年もこいつを騙《だま》しておいてよくそんなことが言える！　貴様がこいつの言うところのアンなのだろう、ヴィルジール！」

「――……」

ヴィルジールは一瞬息を呑《の》んだ。それこそが答えだった。

私はなんとか身体を起こした。彼には伝えなくてはいけないことがある。

私の手足を縛《しば》っている縄《なわ》をヴィルジールは魔法で切り裂《さ》いた。しかし、手を差し伸《の》べようとするかは迷っているようだった。

「ヴィルジールさん」

太陽と月の紋章《もんしょう》が浮《う》き出る右手を彼に伸ばす。彼はとっさに私の手を取った。その瞬間、私達の中を流れるマナがお互《たが》いを繋《つな》げた。言い知れぬその感覚は、間違《まちが》いなく私達をつないたらしめていた。

「アン」

彼に向かってそう声をかけると、彼はひどく傷ついたような顔をした。

「あなたが、アン。そうなんですよね」

怯えて手を引っ込めるその姿が、いつかの自分のようだった。

そんな顔をしないでと言うのは簡単だった。しかし私は、彼の手を握《にぎ》り、強く引いた。

「私、ずっとあなたに会いたかった」

「……シャルロット……」

「今までずっと、ずっと、私を支えてくれてありがとう」

ようやく。ようやくだ。ようやくアンに言えた。

ヴィルジールの泣きそうな表情を見て、彼は、アンは、こんな顔をするのだと知った。

あの時、死なななくてよかった。

あの時死んでいたら、こんな風にはなれなかったのだ。

「──あああぁぁぁっ……」

蹲《うずくま》っていたバランド卿が慟哭《どうこく》した。

普通《ふつう》の魔法使いは、大魔法使いと一対一で勝つことは不可能だ。彼は自分の計画が失敗したことをようやく受け入れたのだろう。

「お父様……」

ひどく憐《あわ》れみを含《ふく》んだ声でゾエが父を呼んだ。

「……これで……これでよかったのです……お父様……」

ゾエの頬《ほお》に、一雫《ひとしずく》の涙《なみだ》がこぼれた。

「母は、もういないけど、私がいます、お父様」

ここにいる皆《みな》が、愛する者を喪った。それでも皆が、これからを生きていかなくてはならない。

バランド卿は私達のやり取りを見て、何を思ったのだろうか。

ゾエの言葉を聞いて、何を思ったのだろうか。

こうして、バランド卿とゾエがひっそりと立てた計画は、ここで静かに幕を閉じたのだった。

それからが大変だった。


どうやらここはグルナーの町の外れにぽつんと残された廃屋《はいおく》だったらしい。

この町に残っていた研究員達や、町の人々が騒《さわ》ぎを聞きつけてやってきて、事情を説明することになった。

もっとも、心神喪失《そうしっ》したバランド卿に代わってゾエが取り調べを受けてくれたおかげで、話は通じやすかった。

ゾエがバランド卿の娘だったということは、ヴィルジールも、研究員達も、誰《だれ》も知らなかったらしい。

バランド卿は商家の出で貴族の女性と結婚《けっこん》することになり、家の実権はその妻が握っていたようだ。

ゾエはその貴族の女性との間にできた子ではなく、バランド卿の故郷で幼少期を共に過ごした幼馴染《おさななじみ》の女性との間にできた、いわば不義の子だった。

ゾエと母親はバランド卿のもとを離《はな》れ二人で暮らしていたが、母親が病で亡《な》くなりゾエが一人で生活していることを知ったバランド卿がゾエを自身の手元に置くべく王立魔法《まほう》研究院に使用人として招いたのが全《すべ》ての発端《ほったん》だったらしい。

「父は本妻とうまくいっていないようでした。穏《おだ》やかな家庭を私達母子に求めたのでしょう」

ゾエはそう証言したという。

ヴィルジールは話を聞いて、そっと目を伏《ふ》せた。

彼もまた、大切な人を亡くした。その痛みが理解できるからこそ、ゾエを責めることはしなかった。

バランド卿とゾエの処分は王立魔法研究院の上層部の判断を仰《あお》ぐことになり、それまで拘束《こうそく》されることになった。

ようやく事態が落ち着いた頃《ころ》にはすっかり夜明けが近くなっていた。

普段ならベッドに入っている時間だが、あまり眠くはない。

私とヴィルジールは研究員達への事情の説明を終えて、二人で暗いグルナーの町をどこへ行くでもなく歩いていた。

二人とも薬でしっかりと眠らされたせいか、それとも気が立っているのか、ベッドに入っても眠れないことは明白だった。

「あの、ヴィルジールさん……」

「……なんだ？」

緩慢《かんまん》な動作でヴィルジールが振《ふ》り返る。

どんな行動をするのが正しいのか、よくわからないけれど。このままにしておくわけにはいかない。

「……これを……」

私は彼の懐《ふところ》から滑《すべ》り落ち、そのまま持ち去ってしまった書きかけの手紙を見せた。

ヴィルジールはそれを見て、ひどく狼狽《ろうばい》した様子だった。

「……すまなかった」

やがて全てを諦《あきら》めたように、ヴィルジールは項垂《うなだ》れた。これまで感じていた、彼の大魔法使いとしての堂々とした振る舞《ま》いは、欠片《かけら》も感じられなかった。

「バランド卿が言っていたことは事実だ。ずっとシャルロットを騙していた……」

「あ、謝らないでください！」

手紙を返そうとする手を制止されてしまう。そのまま持っていろということだろう。

「……どうしてこんなことをしたのか、聞いてもいいですか」

私の問いに、ヴィルジールはいつになく苦々しい表情で、前髪《まえがみ》の隙間《すきま》から私を見つめた。

「……少し酷《こく》な話になると思う」

「どうしてですか？　私、あなたがアンだともう知っているのに」

「――ミレイユ先生とアニーが同時期に亡くならなければ、俺達はつがいになることはなかった」

その言葉に、心臓が大きく脈打った。

大魔法使いを喪《うしな》った私。魔封士《まふうし》を喪ったヴィルジール。確かに私達がつがいになるには、あまりに都合が良すぎた。

そこになにか作為《さくい》があるのだと、ヴィルジールは言っているのだ。

私は服の裾《すそ》をきつく握りしめ、それでもヴィルジールのそばを離れなかった。

今までの私なら逃《に》げ出したいと後ずさりしていただろう。

だが、今は違《ちが》う。私は彼が、アンが、どれだけ優しい人か知っている。

「知りたいです」

「シャルロット……」

「たとえ、どんなに酷な話でも……それが誰かをわざと傷つけるためではないはずです。ミレイユ先生も、あなたも、きっとアニーさんも、そんな人じゃないから」

私の言葉に、ヴィルジールはゆっくりと深呼吸した。

そして未《いま》だ暗い夜明け前の空を見上げて、言葉を慎重《しんちょう》に選びながら、静かに口火を切った。

――今から六年前のこと。

ヴィルジールのもとに、ミレイユのつがいの魔封士が亡くなったと知らせが届いた。

ミレイユを師と仰いでいたヴィルジールは、つがいの魔封士であるアニーと共に彼女が暮らす屋敷《やしき》へと足を向けた。

「やあヴィルジール、よく来たね。アニーも」

いつも通りヴィルジール達を迎《むか》えたミレイユを見て、ヴィルジールはそれが彼女なりの精一杯《せいいっぱい》の虚勢《きょせい》なのだとすぐにわかった。

ミレイユは高齢《こうれい》で、全盛期ほどの活躍《かつやく》を見込めず、こうして隠退《いんたい》生活を送っている。

彼女は時折起こる隣国《りんごく》との小競《こぜ》り合いに駆《か》り出される以外は、薬や魔法の研究をして暮らしていた。

しかしいくら力が衰《おとろ》えたといっても、大魔法使いの力が消えたわけではない。

このまま次の魔封士が見つからなければ、ミレイユは制御《せいぎょ》を失った己《おのれ》の力に押しつぶされてしまうだろう。

「先生、魔封士の当ては見つかっているんですか」

震《ふる》える声でヴィルジールが問うているのに、ミレイユは冷静だった。

「いいや。どのみち老いさらばえた身だ。近く迎えが来るだろうよ」

ヴィルジールはその言葉が許せなかった。彼女は自分に大魔法使いとしての生き方を教えた人だ。このまま何もせず喪うわけにはいかない。たとえそれが彼女の意思に反していたとしても。

研究院に戻《もど》ったヴィルジールは、すぐに魔封士を探した。

このままいけばミレイユは国によって処分されるか、力を制御しきれず倒《たお》れるか。同じ大魔法使いとして、彼女の行く末が自分の行く末だと思うと、何もしないわけにはいかなかった。

――国の外れの村で魔封士が見つかったと知らせを受けたのは、それからすぐのことだった。

各地を飛び回って魔封士を探していたヴィルジールにとって、それは朗報以外の何物でもなかった。

そうしてヴィルジールが出会ったのが、痛めつけられ、まるでボロ雑巾《ぞうきん》のようになって地下の牢《ろう》に蹲《うずくま》っていたシャルロットだった。

冷たい床《ゆか》に身を投げ出し、死んでいるのではと見紛《みまが》うほどだった。アニーは彼女の身体を温めるように寄り添《そ》った。

「──よく頑張《がんば》った。もう大丈夫《だいじょうぶ》」

本当に、よく頑張ってくれた。ヴィルジールはそう思った。

ヴィルジールはすぐにシャルロットをミレイユのもとへと連れて行った。

さしものミレイユも、シャルロットの容態を見てつがいとならない選択肢《せんたくし》を取れるほど、死への執着《しゅうちゃく》はなかった。

こうしてミレイユはシャルロットという新たな魔封士を得て、もう少しだけ人生を続けることとなったのだった。

転機が訪《おとず》れたのは、ヴィルジールのつがいの魔封士であるアニーの病気が判明した時だった。

アニーを診《み》られる医者は少なく、余命あとわずかと診断《しんだん》された。

ヴィルジールはそれが信じられなくて、治療法《ちりょう》を探して回った。自分で勉強や研究だってした。長年ヴィルジールを支えてきたアニーに尽《つ》くすのは当たり前だった。

話を聞きつけたのか、ミレイユが自分の屋敷へ来るようヴィルジール達を呼び出した。

ヴィルジールがミレイユの屋敷を訪れたのはシャルロットを連れて行った時以来だった。

最後に見たシャルロットの姿が忘れられなかったヴィルジールは、無意識に彼女の姿を捜《さが》した。

「あの子なら出てこないよ。知らない人間、それも男性だと特にね」

ヴィルジールの様子に気付いたミレイユがそう告げた。

「元気にしているのか?」

「元気は元気だね。よく働いてくれる。人前に出るのだけはてんで駄目《だめ》だが」

孫を可愛《かわい》がる祖母のように相好を崩《くず》すミレイユを見て、ヴィルジールは安堵《あんど》した。つがいを亡《な》くし、もう迎えが来ると言っていたあの頃より、幾《いく》ばくか明るく見えたからだ。

だが与《あた》えられた希望は、見る間に崩れ去ることとなる。

「ヴィルジール。あんたがシャルロットを連れてきてくれて余生を楽しませてもらっているがね。やはり老いには勝てないよ。これだけ長生きしてりゃ、自分の死期くらいなんとなくわかる。あと二、三年ってとこだね」

師がこれほどまでに弱った声を出すのを、ヴィルジールは初めて聞いた。

つがいを亡くした時とは違い、どこか憂《うれ》いを帯びているのは、ミレイユがつがいの魔封士に置いていかれる側ではなく、今度はシャルロットというつがいを残していく側だからだろう。

「アニーの病気のこと、聞いたよ。だからヴィルジールに頼《たの》みたいことがあるんだ」

聞きたくない、そう言えればどんなによかっただろう。

ミレイユは今日の夕飯の献立《こんだて》でも話すように、淡々《たんたん》と続けた。

「アニーが死んだら、私も死ぬよ。そうしたら、お前とシャルロットでつがいになってほしい」

なんとなく、ミレイユがそう計画立てていることを、ヴィルジールは察していた。けれど理解し難《がた》くて、ずっと思考の隅《すみ》に追いやっていた。

それがいざ本人の口から放たれた時、ヴィルジールはまず怒《いか》りを覚えた。

「――無責任すぎる！　いいか、俺はアニーのことを諦《あきら》めない。だからあんたも……」

「ヴィルジール。私は長生きした。普《ふ》通《つう》の人より随分《ずいぶん》ね。大魔法使いは不死身じゃないんだ。アニーもだよ。私もアニーも、お前より早く死ぬよ」

突《つ》きつけられた現実を受け入れることができなかった。

アニーはただじっとヴィルジールの隣《となり》に座っている。物言わぬ純粋無垢《じゅんすいむく》な黒い瞳《ひとみ》は、いつもならヴィルジールに癒《い》やしを与えたが、今日ばかりはその瞳に映る自分の姿があまりに情けなくて、逃げるように目を背《そむ》けることしかできなかった。

「なあヴィルジール。そんな顔をするな」

「……俺は絶対に諦めない。あんたのことも、アニーのことも……」

ミレイユは呆《あき》れたようにため息をつくだけだった。生き死にの話をしているとは到底《とうてい》思えない態度だ。まるで駄々《だだ》をこねる子どもを仕方なく見守っているかのようだった。

「……シャルロットは納得《なっとく》してるのか」

「あの子には何も言ってないよ」

あまりにあっけらかんと言うものだから、長年師事したヴィルジールもとうとう彼女の意図するところがわからなくなった。

「……傷つくだろう。多分、きっと、俺以上に。そんなのは、あまりに酷《こく》だ」

「でもきっと、いい経験になるよ。あの子はもっとなりふり構わず生きるようになってもらわなくちゃ」

呵々《かか》と笑うミレイユに、ヴィルジールは頭を抱《かか》えた。

言い出したらきかないのだ、この師匠《ししょう》は。わかっていても、受け入れ難い。自分がこれほどに愕然《がくぜん》としているのに、シャルロットが真実を知った時、一体どうなってしまうのだろう。

だがミレイユはあっけらかんと話を続けた。

「そうだ、もう一つ頼みがある。お前、シャルロットと文通してやってくれないか」

「──は？」

「あの子、私以外とまともに話したことなんて一度もないんだよ。魔封士《まふうし》に理解のある女性の研究員を引っ張ってきてもてんで駄目だったんだ。お前とつがいになるのもそうだし、研究院に行ったら人付き合いも増えるんだ。人と関《かか》わることにちょっとでも慣れていかないとね」

断ろうとしてもまるで決定事項《じこう》のように話すものだから、最終的にヴィルジールが折れることとなった。

こんなにも口が減らなくて、明るくて、元気そうで、なのにあと数年で死んでしまうのか。その事実はヴィルジールの心に暗い影《かげ》を落とした。

帰ってからシャルロットとの文通のために筆を取った。初めは普通に自己紹介《しょうかい》をして、ミレイユがやろうとしていることを洗いざらい書いてしまおうかと思った。しかしそれはシャルロットの心を今度こそ立ち直れないくらいに傷つけてしまうと思い直した。

そうして代わりに生まれたのが、アンという架空《かくう》の人物だった。

男性が苦手というので、つがいの魔封士であるアニーから名前を取った。もしアニーが口を利《き》くことができたら、きっとこんな風に話すだろうと想像した。

これはシャルロットのことを思ってと同時に、ミレイユへの反抗《はんこう》でもあった。

俺は必ずアニーの治療法を見つけてみせると。だから俺がシャルロットとつがいになることはなく、ミレイユはシャルロットと、俺はアニーと、これからもずっとつがいでい続けるのだと。

だが、現実はヴィルジールの理想通りにはいかなかった。

アニーの治療法は見つからないまま。ヴィルジールはアニーの弱っていく姿を見ては、無力感に苛《さいな》まれた。レティシアも、ルネも、ゾエも、アニーのことを心配して、共に治療法を探したり、仕事を代わったりしてくれることもあったが、その甲斐《かい》なくアニーは亡くなった。

——茫然自失《ぼうぜんじしつ》とはまさにこのことだった。

ヴィルジールはアニーを亡くす前後の記憶《きおく》すら曖昧《あいまい》になるほど、心に傷を負った。

左手の紋章《もんしょう》が消えたことで、嫌《いや》になるほどアニーの死を感じさせられた。

そして自身の体調に異変を覚え始めた頃《ころ》、いつの間にか手元に届いていたアン宛《あ》ての手紙を見て、手紙の差出人がシャルロットであるのを見て、ようやく自分がやらなくてはいけないことがなんだったのかを思い出した。


今まで本当にありがとう。どうかお元気で。さようなら。


水滴の跡《あと》と滲《にじ》んだインクが、彼女の深い絶望を表しているようだった。

ミレイユは本当に死んでしまった。彼女はやると決めたら絶対にやり遂《と》げる人だった。

ようやく意識を覚醒《かくせい》させたヴィルジールは、自室の机の上、溜《た》まっていた書類の中に自分宛ての手紙を見つけた。差出人はミレイユだった。

短い挨拶《あいさつ》と共に、シャルロットをよろしく頼むと書かれていた。

これがミレイユの最後の願いなら叶《かな》えてやらなくては。

けれどそれ以上に。

アンとしてシャルロットと接する内、ヴィルジールもまた、いつしか本音を打ち明けられるようになったシャルロットのことが大切な存在になっていたのだ。

そんな彼女を、死なせるわけにはいかなかった。


——夜が明ける。

冷たい風が肌《はだ》を刺《さ》し、白んだ空に薄《うす》い雲を運んでくる。

それでもあまり寒さを感じないのは、頬《ほお》を伝う涙《なみだ》が熱いからだろうか。

ヴィルジールから聞かされたミレイユ先生の最期《さいご》は、あまりにも残酷《ざんこく》だった。

ミレイユ先生の真の想《おも》いや、ヴィルジールとアニーのことや、何より——こんなにも優《やさ》しい人達の想いを無下にして、全《すべ》てを投げ出そうとした自分のことが許せなかった。

ぐずぐずと鼻を鳴らして泣く私の顔に、ほんの少し乱暴に布がこすりつけられた。何かと思えばヴィルジールが纏《まと》う黒のローブで、汚《よご》れるのもいとわず彼は私の顔を拭《ぬぐ》った。

ああ、本当に、そういうところが。

「……ヴィルジールさん」

「なんだ」

「アニーさんって、どんな方でしたか」

ずっと聞きたかったことがもう一つ。ヴィルジールの前のつがいの魔封士の話だ。

今までずっと彼を支えてきたのだろう。だからこそ知るのが怖《こわ》かった。しかしこれから先、私もヴィルジールのつがいの魔封士として生きていくのなら、必ず知っておくべきだと思った。

あれほどアニーのことを聞くのを躊躇《ためら》っていたというのに、全てを知った後では、存外つるりとその言葉が出てきてしまった。

ヴィルジールは子どもみたいに目をまん丸にした後、昔を懐《なつ》かしむように笑った。

「可愛《かわい》い子だった」

レティシアと全く同じことを言う、そう思った。それだけヴィルジールは、アニーを想っていたのだろう。なぜだろう、それは当たり前のことなのに、なぜか胸が痛んだ。

「人懐《ひとなつ》っこくて、俺の体調が悪い時はすぐに気付いてくれる優しい子だった。でも……」

「……？」

「俺のつがいで、あの子は幸せだったのかなと、そう思う時がある」

気付けば私はヴィルジールの肩を摑《つか》んで、彼の顔を覗《のぞ》き込んでいた。

正面から見る彼の顔は美しくて、どこか切なげで。そんな顔をしてほしくはなかった。

「――幸せでした、絶対に」

「シャルロット……」

「だって、私、私は――あなたのつがいになれてよかったと、そう思っていますから」

ヴィルジールがぱちりと瞬《まばた》きをすると、おもむろに私の腕《うで》を引いた。

そうして、私はヴィルジールの腕に抱《だ》かれて、動けなくなった。

「ごめん」短い謝罪だったが、それでヴィルジールが私を解放してくれることもなく。

私はただヴィルジールに抱かれて、彼の背中にそうっと腕を回すことしかできなかった。

「辛《つら》くなったら、こうやってアニーを抱きしめてた」

「……私も、よくこうやって、ミレイユ先生に抱きしめられていました」

「アニーを抱きしめる時とはやっぱり違《ちが》うな」

「ヴィルジールさんも」

当たり前のことを言い合って、どちらからともなく吹《ふ》き出した。

そのまま二人で、誰《だれ》もいない道端《みちばた》で、朝日を見ながら抱き合った。

もう大丈夫《だいじょうぶ》。これでよかったのだと、生きていてよかったのだと、そう思えた。

けれどやっぱり、死んだ人にはどうあがいたって勝てないから。だからアニーのことが、少しだけ――ほんの少しだけ、羨《うらや》ましかった。

長い一日を終え、バランド卿《きょう》とゾエの護送が行われることになった。

ゾエには世話になったから挨拶をしたいと言うと、ヴィルジールも思うところがあったのだろう、了承《りょうしょう》してくれた。

馬車に乗せられるゾエを見て、私は思わず彼女に声をかけた。

「ゾエ！」

「……シャルロット様、ヴィルジール様……」

彼女は私達を見るなり、深々と頭を下げた。

「本当に、申し訳ございませんでした」

「そんな……ゾエ……」

「私も母に会いたかった。けれど、それと同じくらい……これでいいのかとずっと悩《なや》んでいた。だからこれでよかったのです。お二人共、罪を償《つぐな》う機会を与《あた》えていただき、本当にありがとうございました」

「――ゾエ」

ヴィルジールに呼び止められるとは思っていなかったのか、ゾエは少し目を丸くして馬車に乗り込むのをやめた。

「お前には屋敷《やしき》のことでも、アニーのことでも、世話になった。罪を償って、行く当てがなかったら、俺を頼《たよ》ってくれて構わない」

「……フフ」

ゾエは憑《つ》き物が落ちたように穏《おだ》やかに笑った。

「ヴィルジール様。私の心配より、ご自身の心配をされた方がよろしいかと。これから先、シャルロット様と屋敷で二人きり。シャルロット様はアニー様とは違うのですよ。おわかりですか？」

「な——な、な、ゾエ、お前」

「それでは、どうかお元気で。本当に、ありがとうございました」

ゾエが乗り込んだことで、馬車は進路へ向けて出発した。

私達は土埃《つちぼこり》を上げて去っていく馬車を見つめて立ち尽《つ》くした。

「……ゾエも、バランド卿も、どうか生きて、罪を償ってほしいですね、ヴィルジールさん……ヴィルジールさん？」

「あ、ああ。そうだな……」

ヴィルジールはなぜか顔を手で覆《おお》っていた。

これからヴィルジールと二人で屋敷で暮らすのか。大変そうだ。魔法《まほう》で仕事をしてくれていたゾエはもういない。ヴィルジールは人嫌《ぎら》いらしいから、新しい使用人をすぐに雇《やと》うとは限らない。

「ヴィルジールさん、私、ミレイユ先生のお屋敷に住んでいた頃《ころ》は、家事ならなんでもやっていたんです。お力になれるとよいのですが」

「あー……うん……」

妙《みょう》に歯に物が挟《はさ》まったような返事をされ、私の胸中に不安が募《つの》った。やはり彼の目には相当頼りなく映っているのだろう。頑張《がんば》らなくては、と新たな目標を密《ひそ》かに思い浮《う》かべた。

「おおーい！　ヴィルジール！　シャルロット！」

ゾエ達が去っていったのとは反対の方向から、聞き馴染《なじ》みのある声が聞こえてきた。——レティシアとルネだ。

彼らは馬車から顔を出し、こちらに手を振《ふ》っていた。

降りてくるなりやかましくまとわりついてくる彼らの明るさに、心が救われる。

「ねえ、バランド卿にさらわれたって？　大丈夫？」

「報《しら》せを受けた時はびっくりしたよ。私は正直言って今も事態が飲み込めていない！」

大げさに騒《さわ》ぐレティシアとルネに、自然と笑《え》みがこぼれた。

なんだか日常が戻《もど》ってきたようで安心したのだ。

「ご心配をおかけしました。大丈夫ですよ」

「そっか……うん、大丈夫ならよかった」

「ヴィルジールも無事でよかったな！」

「まあ、肝《きも》は冷えたがな」

そう言ってヴィルジールが肩をすくめた。

レティシアとルネがここまでやってきたのは、私達が心配だからという理由だけではないようだ。

バランド卿とゾエの目的は、大魔法使《だいまほうつか》い達にマナを余分に放出させ、そのマナで秘術を発動させることだった。だが、秘術が発動することはなかった。そうなれば、残ったのは有り余ったマナだ。

マナは多すぎても少なすぎても駄目《だめ》なもの。しかし今回の異変の原因はバランド卿達にあったので、マナを正常な量まで戻すことができたら、私達は仕事を終えたことになる。

「僕達が行った村ではあんまりマナを放出できなかったし、ことリラズの町でマナを元に戻せば、僕達は帰っていいんだって」

「普段《ふだん》は私達が力を使うことがほとんどだが、今回はいつもと逆だな。二人ともしっかりやれよ」

レティシアがそう言うなり私達の肩を叩《たた》いた。きっと彼女なりの激励《げきれい》なのだろう。

「シャルロット」

「ヴィルジールさん」

「大丈夫か？」

「――何かあったら頼っていい、ですよね？」

ヴィルジールはほんの少しの驚《おどろ》きを交えながらも、優《やさ》しく微笑《ほほえ》んで頷《うなず》いた。

先日大魔法使い達が仕事をした広場に、今度は私達が立つ。

ルネは慣れているようだった。私は殊勝《しゅしょう》な態度でヴィルジールを安心させようと思ったけど、やっぱり緊張《きんちょう》した。

「ねえ、シャルロットさ」

「なんですか？　ルネ君」

「なんかヴィルジールと仲良くなった？」

どうやら彼の目には――もしかしたらレティシアにも――そう映っているらしい。

私はどうでしょう、と返事をしつつも、そうだといいなと思った。

「ルネ君とレティシア様のおかげですよ」

「ええ？　なんもしてないでしょ、僕達は」

「いいえ。私、これまでつがいがどういう関係なのか、よくわかっていませんでしたが。でも、お二人がいたから、こうありたいって思えたんです」

「フーン……ま、力になれたんならよかったよ」

ルネはぶっきらぼうにそう言ったが、それが照れ隠《かく》しだとすぐにわかった。

私は本当に、周りに恵《めぐ》まれた。きっとこれからも皆《みな》、多くのものを私に分け与えてくれようとするのだろう。その度《たび》に私はもらったものを返していけるよう、強くありたいと思った。

「——それじゃ、始めようか」

「はい」

神に祈《いの》りを捧《ささ》げるように、胸の前で手を組む。

そしてゆっくりと力を解放して、マナを吸い取っていく。

今までこの力は誰かを傷つけるものだとばかり思っていた。けれどこれは誰かを助けるための力で、つがいの大魔法使いを支えるための力なのだ。

少しだけ目を開けて、ヴィルジール達が見守ってくれている方に視線を動かす。

彼らは私達のことを見守ってくれている。それだけで安心できた。ただ見ていることしかできない——そう思っていたけど。彼らも私達がいることで安心できていたらいいと、そんな願いをこめるように、私は魔封士《まふうし》としての仕事を全《まっと》うしたのだった。

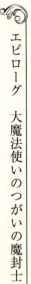

エピローグ　大魔法使いのつがいの魔封士

あれから、しばらくの時が過ぎた。

研究院の屋敷ではゾエがいなくなって少し大変だが、なんとかやれている。

レティシアが「うちの使用人を貸そうか？」と冗談《じようだん》めかして言っていたが、ヴィルジールはにべもなく断っていた。まだしばらくはこの生活が続きそうだ。

今日はヴィルジールと共に研究院の敷地《しきち》にある小さな教会に来ていた。

ここには研究院の敷地内で亡《な》くなった、故郷の無い人々が眠《ねむ》る墓があった。

そのうちの一つ、アニーの墓の前で私達は手を合わせていた。

墓石を見ると、どうやら私よりも若くして亡くなったらしい。その事実にひどく胸が痛んだ。

私はよっぽど悲痛な表情をしていたらしい、ヴィルジールが苦笑《くしよう》して私の頭を撫《な》でた。

「そんな顔をするな。俺も頭では理解していたんだ。人とは寿命《じゆみよう》が違《ちが》うから……」

「……え？」

どういう意味かわからず呆然《ぼうぜん》としていると、ヴィルジールが懐《ふところ》から紙を取り出した。どうやらそれは絵のようだった。

「ああ、そういえば見せたことがなかった。この子がアニーだよ」

そう言って見せられたのは、手のひら大の肖像画《しょうぞうが》だった。

椅子《いす》に座っているヴィルジールと、傍《かたわ》らには一匹《いっぴき》の犬がいる。垂れ耳で、黒い瞳《ひとみ》の、可愛《かわい》らしい細身の犬だ。

「……この子が、アニーさん……」

私はずっとアニーが人間だと勘違《かんちが》いをしていたらしい。

魔封士や大魔法使いが持つ特殊《とくしゅ》な力は、なにも人間だけに発現するものではない。現にミレイユ先生の以前のつがいは猫《ねこ》だったと聞いたことがある。

思い返せばアニーが人間だとは今まで一言も言われていなかった気がする。ヴィルジールに直接話を聞けと言われたことも一緒《いっしょ》に思い出した。

確かに、皆が言っていた通り、可愛い。ゾエが言っていたように、癒《い》やしを与《あた》えてくれる存在だったというのも納得《なっとく》だ。きっとヴィルジールとは仲が良かったのだろう。

私も、ヴィルジールがこれほどに心を砕《くだ》く存在になれるよう、頑張らないと。心の中で密《ひそ》かに誓《ちか》いを立てながら肖像画を返すと、ヴィルジールはどこか気まずそうにしながら、懐から別の紙を取り出した。

「……ずっと渡《わた》せなくて、どうしようか迷っていたんだが……」

まごつきながらも差し出されたそれは、見慣れた封筒《ふうとう》だった。――アンからの手紙だ。ヴィルジールは私を騙《だま》していたことをずっと負い目に思っていたらしい。そんなの、もういいのに。アンが私を支えてくれた事実も、アンが私にとって大切な存在であることも、これから先ずっと変わらないのだから。

私は手紙を受け取って、それを大事に胸に抱《だ》いた。

「ありがとうございます。大切に読みますね」

「――そういうことは本人の前で言わなくていい」

顔を背《そむ》けながらヴィルジールがぶっきらぼうに言った。手で顔を覆《おお》っているが、耳まで真っ赤だ。彼の人間味を感じて笑ってしまうと、「笑うな」と怒《おこ》られてしまった。それすらもなんだか心地好《ここちよ》いと言ってしまえば、彼はまた怒るだろうか。

屋敷《やしき》に戻ってくると、玄関《げんかん》の前が何やら騒がしかった。

何事かと近づけば、あっ、と声が上がる。

「ちょっと、どこ行ってたのさ」

「ルネ君、レティシア様。いらっしゃいませ」

「二人でデートか～？」

「アニーの墓参りだ」

肘《ひじ》で小突《こづ》きながらわざとらしくからかうレティシアを、ヴィルジールが鬱陶《うっとう》しそうに払《はら》う。この気安さに疎外《そがい》感を覚えていたのが、今では懐《なつ》かしい。

「こんな早くから、何か用か？」

「そうだ！　シャルロットの歓迎会《かんげいかい》をと思ってな」

そういえば、ここに初めて来た時、レティシアがそんな提案をしてくれていたことを思い出した。ルネが「まあそれにかこつけて仕事サボりたいだけなんだけど」とぼそりと呟《つぶや》く。

「ありがとうございます。歓迎会とは、具体的には何を……」

「んー？　なんも考えてない。お茶でも飲んで、お菓子《かし》でも食べようじゃないか」

「おい、やる気がないなら帰れ」

玄関前で騒《さわ》がしく言い合う二人を見て微笑ましい気分になっていると、ルネが呆《あき》れたようにため息をついた。こうしていると彼が一番年下だということを忘れそうになる。

不意にレティシアが「あっ」と声を上げるものだから、皆が彼女に注目した。

「しまった！　そういえばここ、使用人がいないじゃないか。普段《ふだん》の家事は君が？」

「はい」

「君の歓迎会なのに君に給仕《きゅうじ》させるわけにはいかないな。せっかくだ、たまには王都に繰《く》り出そうじゃないか」

「あ、いいねそれ。僕行ってみたいお店あったんだよね」

「よし。身支度《みじたく》が必要だろう、三十分後に迎《むか》えに来る！」

レティシアとルネがまるで嵐《あらし》のように去っていった。ヴィルジールは息をついていた。

その様子がおかしくて、声を殺して笑ってしまう。

「……シャルロット、大丈夫《だいじょうぶ》か？」

「何がです？」

ヴィルジールの言わんとしていることがわからず、思わず聞き返す。

彼はいつも人を気遣《きづか》ってはバツが悪そうな顔をする。

「今まで、街の方へは出たことがないと言っていただろう」

「そうですが……きっと大丈夫です」

「どうして？」

「私にはヴィルジールさんも、アンもついていますので」

悪戯《いたずら》を思いついた子どもみたいに言うと、ヴィルジールは口を曲げて何か言おうとして、
結局「そうか」とだけ言った。

彼は玄関の扉《とびら》を開けようとして、ふとこちらを振《ふ》り返った。

「そういえば、最初だけだったな」

「え？」

「俺をヴィルジールと呼んだのは」

今度はヴィルジールが皮肉っぽく、にやりと笑ってそう言った。

あまりに呼びづらいので、かしこまった呼び方をしていること、バレていたらしい。もしかして今までずっと不服に思っていたのだろうか。

「えっと……その、これにはですね……」

「…………」

「……ヴィルジール」

無言の圧に負けて、私はもごもごと彼の名前を呼んだ。

するとヴィルジールは喜びに溢《あふ》れた表情で、私に手を差し伸《の》べた。

「シャルロット」

彼の左手に、私の右手を乗せる。そんなはずはないのに、私達を繋《つな》ぐ紋章《もんしょう》が眩《まばゆ》く輝《かがや》いたような気がした。

「それじゃあ改めて――ようこそ、シャルロット」

「はい！」

私の返事に、ヴィルジールは嬉《うれ》しそうに笑った。

ここが私の新しい居場所。そう思うと、胸がじんわりと温かくなる。

私達は街に繰り出すため、身支度をするために自室へ戻《もど》った。といっても、持って行く物なんて、小さな鞄《かばん》くらいだ。

そういえば、以前はミレイユ先生とすら街に出かけることが難しかった。どうしても必要な時は馬車の中で待たせてもらっていた。それすらも怖《こわ》くて、自分を奮い立たせるために、アンからの手紙を読んでいたっけ。

私はつい先程《さきほど》、ヴィルジールから受け取った手紙を取り出した。

アンがくれていたものと同じ封筒と筆跡《ひっせき》を見つめる。改めてずっと私を支えてくれた存在が、私のそばにいてくれることを嬉しく思う。

いつもの便箋《びんせん》を開いて目に飛び込んできたのは、いつもよりもずっと短い、たった一言だけの文章だった。

シャルロットへ

これからもよろしく頼《たの》む

ヴィルジールより

「……ふっ、フフ、あはは！」

少しの躊躇《ためら》いを感じる筆跡に、私は声を上げて笑ってしまった。こんな風に笑うなんて、いつ以来だろうか。嬉しくて仕方がない。私は思わず、手紙を胸に抱いていた。

「――シャルロット、俺は先に下に行っているから」

ヴィルジールの声に顔を上げる。

「待ってください、私も行きます!」

私は机の引き出しにしまっていたアンからの手紙と一緒《いっしょ》に、ヴィルジールの手紙を大切にしまった。

これから先も、私はこの人のつがいとして、生きていくのだ。

後日談　あなたの隣

馬車がゴトゴトと揺《ゆ》れ、王都エフェメールの大きな通りを行く。

向かいに座るレティシアが、まるで初めて大きな街に来た子どものように身を乗り出して、窓の外を流れてゆく街の風景を眺《なが》めている。

「うわぁ、この通り、前と随分《ずいぶん》変わったんじゃないか？　あんな店なかったよね？　久しぶりに来るとやっぱ楽しいなー！」

「レティシア、はしゃぎすぎ」

そう言うルネもどこか楽しそうだ。彼らが楽しそうにはしゃいでいる姿を見ると、心がほっとするのを感じる。大魔《だいま》法使《ほうつか》いとしての仕事をした時、ヴィルジールとレティシアが力なくぐったりとした姿を見ているから、余計にそう感じるのかもしれない。それに、自分が自然と笑えていることもまた、嬉《うれ》しい。

「……そういえばお二人共、ローブは着ていないのですね」

大魔法使いの象徴《しょうちょう》といえば、あの漆黒《しっこく》のローブだ。ずっと着ているからすっかり見慣れていたが、今はヴィルジールもレティシアも軽装だ。

「ああ、あれね。一応制服みたいなもんだからさ、仕事中や研究院にいる時は着るけど」

「今日は仕事じゃないからわざわざ着る必要はない」

なるほど、と頷《うなず》いたが、それでもやっぱり新鮮《しんせん》に映る。ヴィルジールは家でもあのローブを着ていたのだ。知らない人が隣に座っているみたいでなんだかそわそわしてしまう。

やがて馬車が道端《みちばた》で停まった。どうやら目的地に着いたようだ。

真っ先にレティシアが馬車を下りていって、ルネが慌《あわ》てて追いかけ、何か小言を言っているのが聞こえてくる。そうしている内にヴィルジールも馬車を下り、順番が最後になった私は、思わず躊躇《ためら》ってしまった。それに気付いたらしいヴィルジールが、自然と手を差《さ》し伸《の》べてくれた。

「大丈夫《だいじょうぶ》か？」

「大丈夫です……多分……」

なるべく心配はかけまいと思っていたのに、結局土壇場《どたんば》で尻込《しりご》みしてしまった。王都は想像以上に人が多い。人前に出ることが増えたとは言え、まだ慣れたわけではない。

私が彼の手を借りて馬車から下りると、ヴィルジールがおもむろに腕《うで》を上げた。そして何かに気付き、なんだか気まずそうにしながら腕を下ろした。この仕草は以前にも見たことがある。あれは最初に研究院に来た時と、グルナーの町で仕事をした時……。

「——……もしかして、ローブに入れてくれようとしましたか？」

「忘れろ」

言い終わるが早いかそう被《かぶ》せてきたヴィルジールは、顔を手で覆《おお》って盛大なため息をついた。心なしか耳が赤い。彼はいつも言葉少なだが、考えていることは意外とわかりやすい、というのが一緒《いっしょ》に暮らしてきた印象だ。

私は彼の気遣《きづか》いが嬉しくて、ちょっとだけ面白くて、思わず笑ってしまった。

「ありがとうございます。二人を追いかけましょうか」

「……そうだな」

ヴィルジールはどこか柔《やわ》らかい表情で頷いた。彼は先に行くことなく、私の歩幅《ほはば》に合わせて歩いてくれた。この優しさにいつまでも甘えてはいけないと思うと同時に、彼のこういうところがとても好きだとも思う。

ルネにお説教をされていたレティシアが、私を視界に入れるとパッと表情を輝《かがや》かせた。

「シャルロット！　今日は君の歓迎《かんげい》祝いをするんだ！　君が好きなことをしようじゃないか！　王都にはなんでもあるぞ！」

その言葉に、私はなんと返していいのかわからなかった。研究院へ来たことを歓迎してくれること、こうして街へと連れ出してくれたこと、それ自体はとても嬉しい。しかし今までミレイユ先生のお屋敷《やしき》に引きこもっていた私は、こういう時にどう返事をしたらいいのかわからない。

「好きなこと、ですか」

「うん。なんか食べたい物とか、欲しい物とかない？」

ルネが助《たす》け舟《ぶね》を出してくれたのに、なおのこと一つも「好きなこと」が思いつかない。良くないとわかっていつつも、自己嫌悪《けんお》が止まらなくなる。

一連の会話をじっと聞いていたヴィルジールが、辺りを見回し、一軒《いっけん》の店を指さした。

「あそこに行こう」

「お花屋さん……？」

「好きだろう、植物」

ヴィルジールはさも当たり前のように言ってのけた。

私が驚《おどろ》いていることに気付いているのかいないのか、レティシアが拳《こぶし》を上げる。

「いいじゃないか、花屋！　ここらもようやく暖かくなってきたし、前庭に何か植えたいな。種も売ってるかな。さっそく行こうではないか」

「ああ、もう、レティシア。いい加減落ち着きなよ」

「ルネ、私達が最後に王都に来たのはいつだ？　まだ雪が積もっていない頃《ころ》だ！　ここではしゃがなくていつはしゃぐ！」

そう言ってレティシアが足早に花屋へ向かう。その後ろをルネが追いかける。二人はいつもこんな調子なのだろう。ルネの慣れた対応が普段《ふだん》の様子を想起させる。

「それにしても、ヴィルジール……さん。私が植物を好きだとご存知だったんですね」

「……手紙に書いてあった」

そういえば、アンへの手紙によくミレイユ先生の手伝いで薬草や花を育てていることを書いていたっけ。難しい植物を育てるのに成功したことを書いた時は、自分ごとのように喜んでくれた。そういうのを、ヴィルジールは全て覚えているのだ。

私としては嬉しいのだが、ヴィルジールは未だに自分がアンだということに負い目を感じているのか、それとも気恥《きは》ずかしさがあるのか、アンの話はあまり好まない。そのせいか今も眉間《みけん》に谷のような皺《しわ》が刻まれている。

「ヴィルジールさん。いつもありがとうございます」

「………………」

眉間の皺がもっと深くなってしまった。彼の言動や行動に慣れたとは言え、時々起こる彼の無言にはどう対処したらいいのか未だにわからない。そんな会話をしながら歩いているうちに、花屋の前に到着《とうちゃく》した。店内ではレティシアが店員の女性に何やら質問をしている。

いざ花屋に入ると、その品揃《しなぞろ》えに思わず圧倒《あっとう》された。蔓《つる》でできた籠《かご》の中に色とりどりの花が並び、古びた木の床《ゆか》が店内に自然な温もりを与《あた》えている。植物を育てるためのジョウロなどの道具も陳列《ちんれつ》されていて、心が躍《おど》る。

店内を見渡すと、片隅《かたすみ》にひっそりと置かれていた鉢に、とある植物が植わっているのを見つけた。ミレイユ先生のお屋敷の周りにたくさん植わっていた植物だ。夏になると小さな黄色い花をつける。道端にもありふれているものだったが、この国の短い夏の訪れを感じさせるこの花は私の密かなお気に入りだった。

「欲しい物はあったか？」

「あ、ええと……この鉢植えを……」

「他には？」

ヴィルジールに聞かれて、硬直《こうちょく》する。これ買うの駄目《だめ》だったかな、と考えてしまう。だがそれは違《ちが》ったらしい、ヴィルジールはどこか焦《あせ》っているように見えた。

「すまない、急かす気はなかった。ゆっくり選ぶといい」

「はい」

ほっと胸を撫《な》で下《お》ろすと、ヴィルジールもまた安堵《あんど》の表情を見せた。私達、どこか似ているのかもしれない。起こってもいないことを考えて、不安になって、動揺《どうよう》して。そんなこと、する必要ないのに。少なくとも、つがいの私達の間では。

「ヴィルジールさんは、好きなお花はありますか？　アンは青い花と言っていましたが」

「ぐ……確かに青い花は好きだが……」

「じゃあ、何か青い花の種を見繕《みつくろ》ってもらいましょう」

私がそう言うとヴィルジールはまたも渋《しぶ》い表情をした。

「俺の好きな物を買ってどうする」

「……いけませんか……？」

「いけなくはないが……お前の好きな物があるならそっちを」

ヴィルジールはきょろきょろと店内を見回した。それにつられて私も店内を見回す。この花屋は決して広くはないものの、私の好きな花も種もきっとあるだろう。でも私は、私とヴィルジール、二人が好きな花が植わっていたら、きっと素敵だなと思うのだ。だって研究院のお屋敷には二人で暮らしているのだから。それに……。

「私、アンのことが大好きですから」

アンは私が魔封士《まふうし》と判明してからできた、最初の友達だ。私が手紙にどれだけ励《はげ》まされてきたか、彼は想像がつくだろうか。大好きなアンが好きなものは、私も好きだ。

顔を上げると、ヴィルジールがぱっと明後日《あさって》の方向を向いた。最近ようやくヴィルジールのことがよくわかるようになってきたと思ったのに、これでは何もわからない。

「……あの、ヴィルジール、さん……？」

「なんでもない」

いやにハキハキとそう言って、ヴィルジールは私の手から鉢植えを奪《うば》うとズカズカと店の奥に行ってしまった。

慌てて追いかけると、レティシアがまだ店員に何か話している。後ろにいるルネが諦《あきら》めた様子で見守っていたが、ヴィルジールがやってきたことに気が付いて顔を上げた。

「――ねえねえレティシア、見てよ、ヴィルジールの顔」

「……おや、どうした。やけに赤いぞ」

二人に茶化されるのを察知したか、ヴィルジールは「見るな」と言って顔を背《そむ》けた。耳が赤いのが丸見えだが。ルネが小さな歩幅で私の方までやってくる。

「ねえ何言ったの？」

「え？　ええと」

「私はアンのことが大好きだ」と言った、と言いかけたところではたと気付く。そういえばアンの正体がヴィルジールであることも、そもそもアンが何者であるかも、レティシアとルネは知らないのだった。私はできるだけ真相を濁《にご》そうと、なんとか言葉を探した。

「ええと……ヴィルジールさんのことが大好き……」

そこまで言って、自分の言葉の持つ意味を改めて考える。私はヴィルジールとアンが同一人物だということを頭では理解しつつも、心の中ではどこか切《き》り離《はな》された存在として認識していたのかもしれない。でなければ、彼に「大好き」など、恐《おそ》れ多《おお》くて、とてもじゃないが言えるわけがない。

「――へーえ、いいこと聞いた」

「ちょ……ちょっとルネ君……あの……違うんです……！」

普段は飄々《ひょうひょう》として大人びたルネの表情が、悪戯《いたずら》を思いついた子どもの笑みに変わった。側で話を聞いていたレティシアもまた、大層嬉《うれ》しそうに目を輝かせている。渦中《かちゅう》のヴィルジールは素早く支払《しはら》いを済ませ魔法《まほう》で鉢植えや種を屋敷《やしき》へ送ると、誤魔化《ごまか》すように「行くぞ」と言って私の手を引いた。彼は逃《に》げるように、足早に店から遠ざかっていく。

「あの、ヴィルジールさん、違うんです、ええと」

「いい。何も言うな」

二人して顔を真っ赤にしたまま道を行くのは、なんだか間抜《まぬ》けに思えた。それと同時に、自分にこのような日が来るなんて、未だに信じられないような気持ちでいる。それもあの日、ヴィルジールが私の前に来てくれたから。

「ヴィルジール……」

「……なんだ」

「ええと、これからも、よろしくお願いします」

とりあえず言いたいことを伝えようと口を開けば、ヴィルジールの足がぴたりと止まった。彼は肩越《かたご》しにこちらを見た後、またすぐに前を向き直った。

「……それは、手紙の返事と受け取るぞ」

「手紙……？　――あっ」

――アンではなく、ヴィルジールからもらった手紙。たった一文だけの短い手紙なのに、まるで彼の全てが込められたような。くすぐったくて、でも温かい。そんな手紙だった。

「……もしかしてそれでさっきから様子が変だったのですか」

「変ではないだろう」

変ですよ。そう言い終わる前に、後ろから誰《だれ》かに抱《だ》きつかれた。

「やあシャルロット、ヴィルジール。詳《くわ》しく話を聞かせてもらおう」

「……お前に話すことはなにもないぞ、レティシア」

「おお冷たい。シャルロットはそんなこと言わないよな？」

レティシアの言葉に「嫌《いや》なら嫌って言った方がいいよ」とルネが言った。彼が一番辛辣《しんらつ》である。そんなルネの言葉にもめげず、レティシアは私の手を引いて「いい店を知ってるんだ！　そこでお茶でも飲もうじゃないか」と言って歩き出した。

肩越しに振《ふ》り返《かえ》れば、ヴィルジールと目が合い、すぐにそらされた。同時に私も前へと向き直る。彼の顔は赤いままで、私もまだ顔が熱い。

きっとこれが、私達の新しい日常なのだ。まだまだ慣れなくて不安だけど、でも、気付けば自然と笑顔になっている自分がいる。こんな風に心を動かされる穏《おだ》やかな日々が、これからも続いたらいいな。

あとがき

はじめまして。いちしちいちと申します。

『大魔《ま》法使《ほうつか》いと死にたがりのつがい』をお手にとってくださり、ありがとうございます！

本作は「第二十二回角川ビーンズ小説大賞」の奨励賞《しょうれい》を頂き、大幅《おおはば》な改稿《かいこう》と改題を行い、私にとっては初めての書籍となりました。

この年の小説大賞の応募要項には奨励賞の記載《きさい》がなく、連絡《れんらく》を受けた際はまず戸惑《とまど》いが先に来ました。その後発表された受賞結果に『特例として』と記載されており、特例だったの!? と私自身大変驚《おどろ》きました。

本作は様々な経緯《けいい》があって生まれました。どんなに辛《つら》いことがあっても誰《だれ》かに支えられていることを改めて知り、自分もまた誰かを支えようと思えるような、そういう話にしたいと思ったことを覚えています。前を向き始めたシャルロットやヴィルジール達が、今度はお読み頂いた方の力になれるような、そんな作品になっていると嬉《うれ》しいです。

この作品は本当に多くの方に支えられて出版に至ったと実感しております。制作にあたり、ご尽力《じんりょく》をいただきました皆様《みなさま》に謝辞を述べさせていただきます。

イラストを担当してくださった白峰《しろみね》かな様。可愛くてかっこいいキャラクター達とイラストを描《えが》いて下さり、素敵なイラストをいただく度にとても励《はげ》まされました。今作でご一緒《いっしょ》できたこと、大変光栄に思います。本当にありがとうございます。

担当編集のお二人。ここに書ききれないくらい、制作面でも、精神面でも、頼《たよ》りにさせていただきました。お二人の力なくしては完成に至らなかったと思います。これからもご指導のほど、どうぞよろしくお願いいたします。

いつも支えてくれる家族、友人たち。作業に当たる中で迷いや不安が生じた時、各々がそれぞれの方法で励ましてくれました。皆《みな》がいてくれて心強かったです。ありがとう！

そして、読者の皆様へ心からの感謝を。本というのは読者の方がいて下さって初めて成立するものだと思っております。このようなご縁《えん》ができたこと、とても嬉しいです。お読みいただき、本当にありがとうございます。

最後になりますが、審査員《しんさ》をして下さいました伊藤《いとう》たつき先生、三川《みかわ》みり先生、この作品に携《たずさ》わって下さった編集部の皆様、制作・流通に携わって下さった関係者の皆様にお礼申し上げます。

またお会いできるよう、これからも精進してまいります。

いちしちいち

BEANS BUNKO

「大魔法使いと死にたがりのつがい」の感想をお寄せください。
おたよりのあて先
〒102-8177　東京都千代田区富士見2-13-3
株式会社KADOKAWA　角川ビーンズ文庫編集部気付
「いちしちいち」先生・「白峰かな」先生
また、編集部へのご意見ご希望は、同じ住所で「ビーンズ文庫編集部」
までお寄せください。

大《だい》魔《ま》法使《ほうつか》いと死《し》にたがりのつがい

いちしちいち

角川ビーンズ文庫　24444

令和6年12月1日　初版発行

発行者———山下直久
発　行———株式会社KADOKAWA
〒102-8177　東京都千代田区富士見2-13-3
電話 0570-002-301（ナビダイヤル）
印刷所———株式会社暁印刷
製本所———本間製本株式会社
装幀者———micro fish

●お問い合わせ
https://www.kadokawa.co.jp/（「お問い合わせ」へお進みください）
※内容によっては、お答えできない場合があります。
※サポートは日本国内のみとさせていただきます。
※Japanese text only

ISBN978-4-04-115546-2C0193 定価はカバーに表示してあります。

◇◇◇

前世でハマった乙女ゲームに転生した侯爵令嬢イヴェット。母の一家心中に巻き込まれ死に、義弟のジョシュアは孤独になる予定……。それなら推し活を母に教えて、死を回避し義弟を幸せにする&成長した姿も見たい!

♥ ♥ ♥ 好評発売中！ ♥ ♥ ♥

●角川ビーンズ文庫●

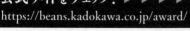

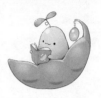